入伍吧！魔法☆少女

ATTENTION ! MAGICAL GIRLS

部隊篇 上

在臺灣，男生要當一年的兵。
女生則是要當一年的魔法少女！
天真冒失的雷小綾，
也踏上了國家魔法少女之路，
沒想到卻抽中了號稱訓練嚴苛的雷系魔法少女！
新訓期間，果然面臨了各種慌亂、痛苦……
傻眼、挫折、無言、崩潰。
但幸運的是，

她也遇到一群共患難的夥伴。
期間還經歷了廁所幽靈事件，
追捕使魔、
對抗異星入侵的魔法生物……
儘管狀況百出，但還是能化險為夷。
新訓終於結束了，
但下部隊後，又會有什麼新考驗呢？
國家魔法少女雷小綾，到底能不能平安退伍呢？

劉于萱
魔法少女

王儀君
魔法少女

雷小綾
魔法少女

江景燕
雷一連班長，中士魔法少女

雷家德
雷小綾之父

莊思嘉
雷小綾之母，退役魔法少女

徐力佩
一等士官長

趙郁鈴
雷一連副連長，中尉魔法少女

王雅娟
雷一連輔導長，中尉魔法少女

人物介紹

梁慧真
二等士官長，前新訓鑑測官

劉辰遠
劉辰欣之弟，海軍陸戰隊

劉辰欣
退役魔法少女

柯淑倫
雷一連副連長，上尉魔法少女

盧韻安
一等魔法少女

林曼芬
一等魔法少女

曹嘉蓉
魔一營營長，上校魔法少女

陳珠美
魔二營營長，上校魔法少女

目錄

第七章
新的營區與新的生活

結訓後會有六天的結訓假期，
轉眼間，
已經過了三天。
啊……
放假真的超爽的！誰都不能讓我離開這張床……
嗯？
嘟嚕嚕～嚕～
咦!?
這個來電是……

COKO'S CAFE
我看起來還好吧？
雷小綾……？
妳好，不好意思讓妳久等了。
劉辰欣之弟
劉辰遠
不會！我剛到而已！
你、你、你好！
太久沒跟男人單獨碰面，緊張到提早10分鐘到……
最後一次交男朋友：大學二年級（已分手）

你先點飲料吧！我已經點好了。
好，謝謝。
盯……
俊俏
結實
哇！突然來這個，刺激有點大啊!!
我這次之所以約妳出來……
Coko's Cafe

是想再次向妳慎重表達感謝！
謝謝妳為我逝去的姊姊做了那麼多。
小事而已！你太客氣了……
不只是我……
我的父母也想向妳表示感謝。
快去約人家啦!!去說聲謝謝啊!!
謝謝妳在我姊姊徬徨無助時伸出援手……
謝謝妳讓我們有告別的機會……
不過，我姊是真的離開了吧？
是的。
還是其實飄在我的頭上？

太好了。希望姊去了好地方……
……
……
……
……
……
……
咦咦咦咦!?突然沒話聊了……好尷尬!!
這個男生還真的只是來道謝的啊……
對、對了，你現在也正在服兵役對吧？

嗯，我正在海軍陸戰隊服役……
現在也在放結訓假……
！
！？
！
謝謝光臨！
COKO'S CAFE
結果全在聊服役的事……
我一開口就停不下來……
雷小綾，再次謝謝妳來。
不用一直謝啦……
不知道為什麼，我有預感我們很快會再見面呢……
……
哇……這，這算是在撩妹嗎？
啊哈哈……
不過現在他們還不知道，下次的見面是一場災難。

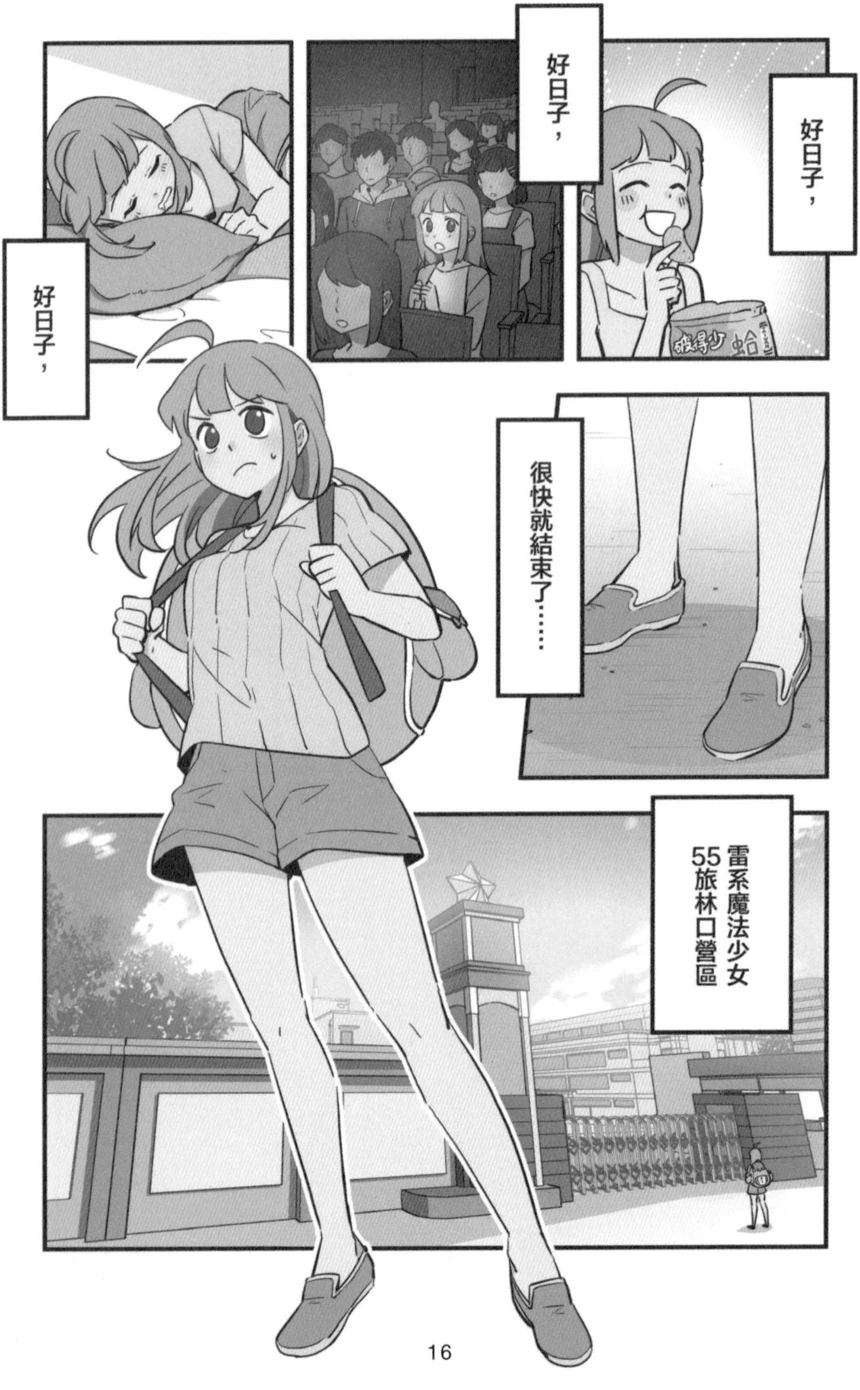
好日子，
破得少
好日子，
好日子，
很快就結束了……
雷系魔法少女
55旅林口營區

小綾！
儀君！
于萱！
見到妳們真開心……
但是又不開心啊。
喂喂！
我們時間差不多囉。
好！要進去囉！
難得我聽到這句話
卻興奮不起來呢。

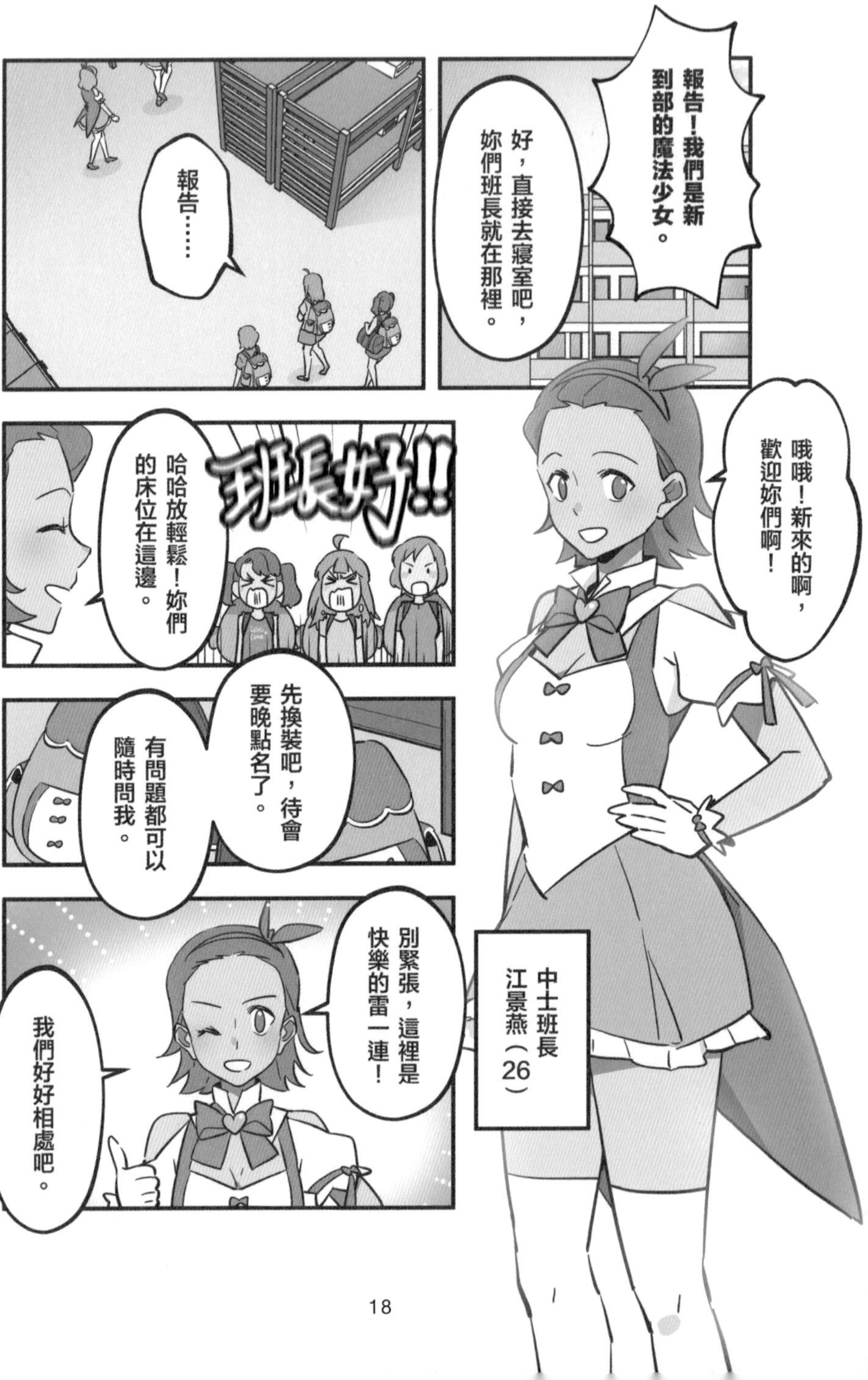
報告！我們是新到部的魔法少女。
好，直接去寢室吧，妳們班長就在那裡。
報告……
哦哦！新來的啊，歡迎妳們啊！
班長好!!
哈哈放輕鬆！妳們的床位在這邊。
先換裝吧，待會要晚點名了。
有問題都可以隨時問我。
中士班長 江景燕（26）
別緊張，這裡是快樂的雷一連！
我們好好相處吧。

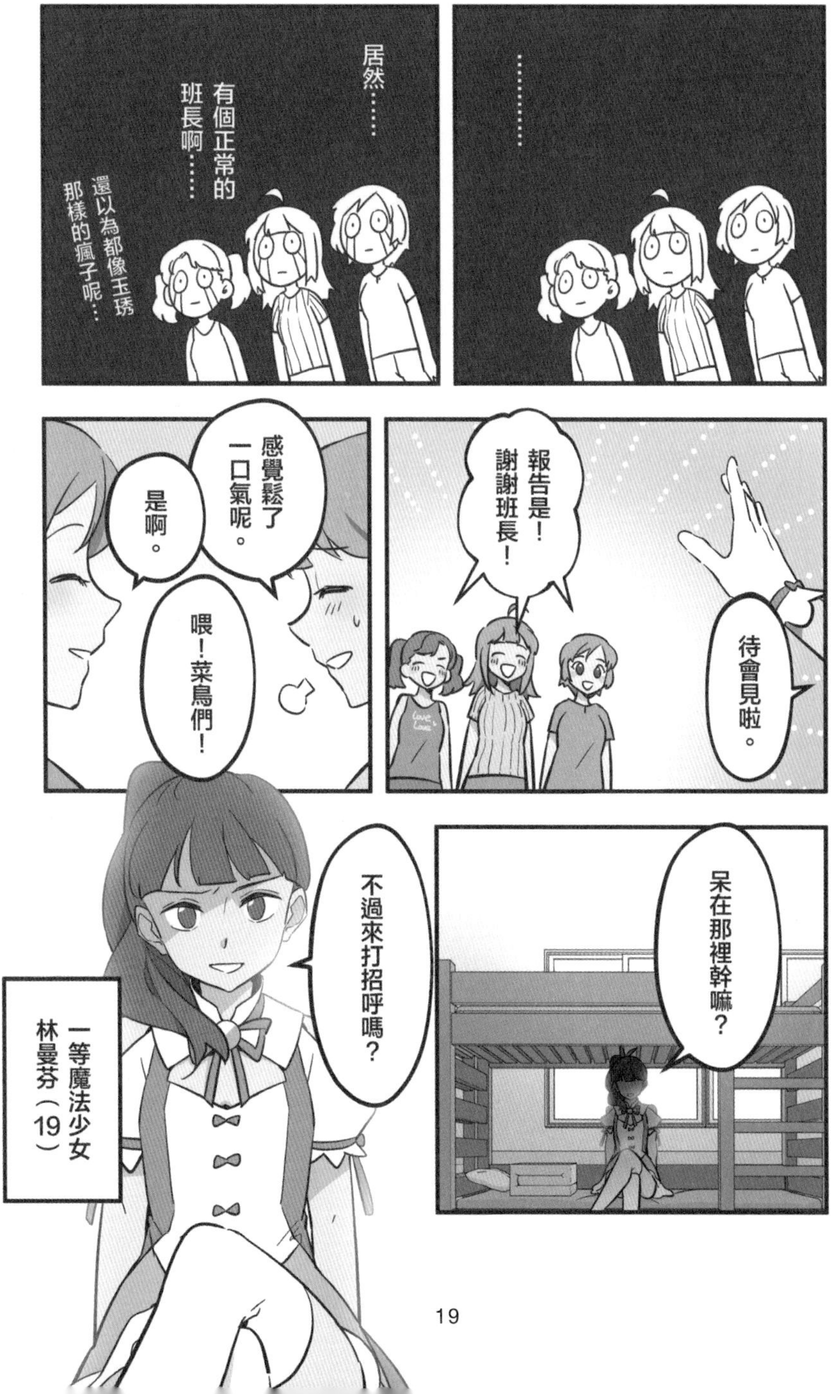
……
居然……
有個正常的班長啊……
還以為都像玉琇那樣的瘋子呢……
待會見啦。
報告是！謝謝班長！
感覺鬆了一口氣呢。
是啊。
喂！菜鳥們！
呆在那裡幹嘛？
不過來打招呼嗎？
一等魔法少女
林曼芬（19）

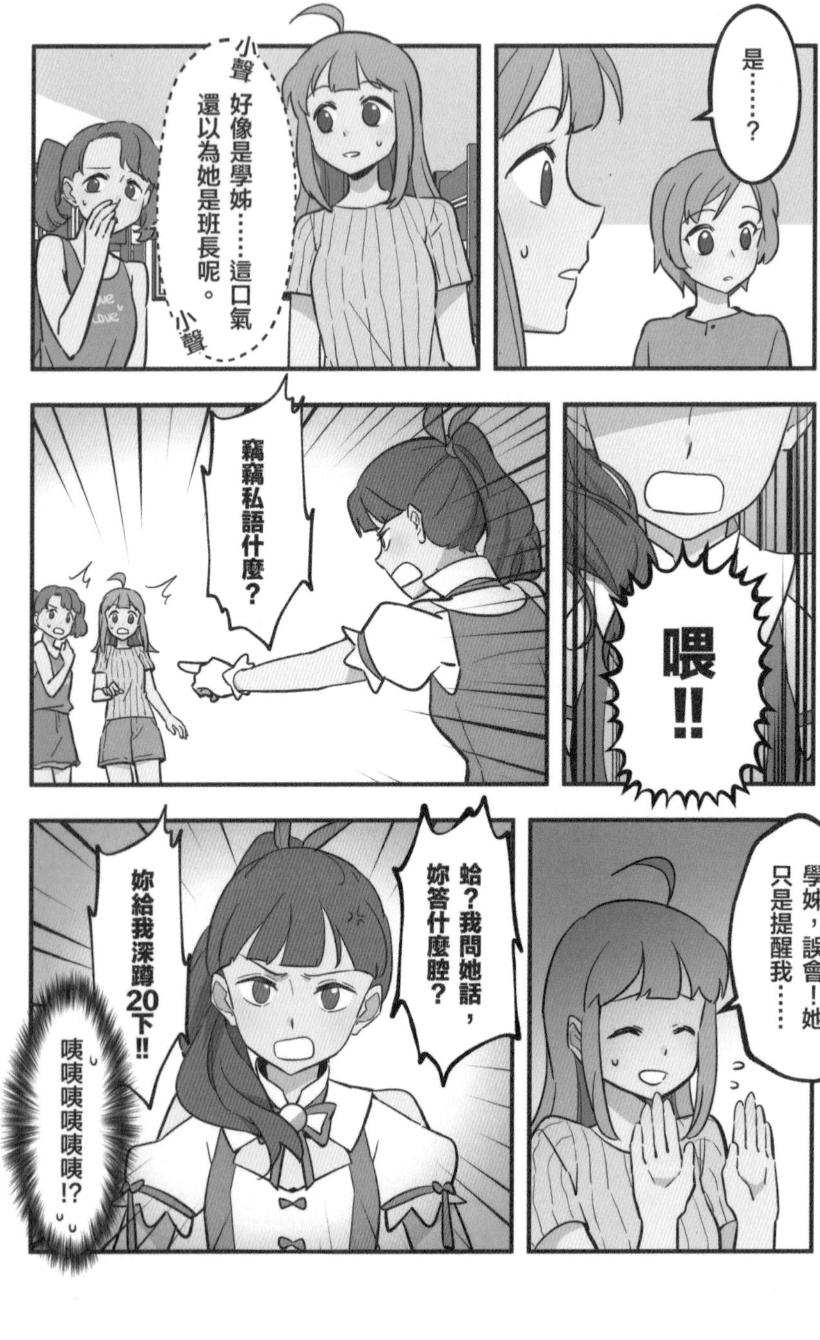
是……？
小聲
好像是學姊……這口氣
還以為她是班長呢。
小聲
喂!!
竊竊私語什麼？
學姊，誤會！她
只是提醒我……
蛤？我問她話，
妳答什麼腔？
妳給我深蹲20下!!
咦咦咦咦咦咦!?

聽不懂人話啊？還不快動作！
!?
啪！
有話好好說，不要亂動手。
這、這傢伙……力氣怎麼這麼大!?
哼！放開我！
妳們這幾個菜鳥，
居然敢反抗學姊？
很好！我會讓妳們吃不完，兜著走！

哼！妳們給我小心一點！
她氣沖沖走掉了，怎麼辦啊？
沒關係的。
曼芬她只是脾氣比較大而已，其實人不壞。
一等魔法少女 盧韻安（22）
咦咦咦!?
是有人在說話嗎？

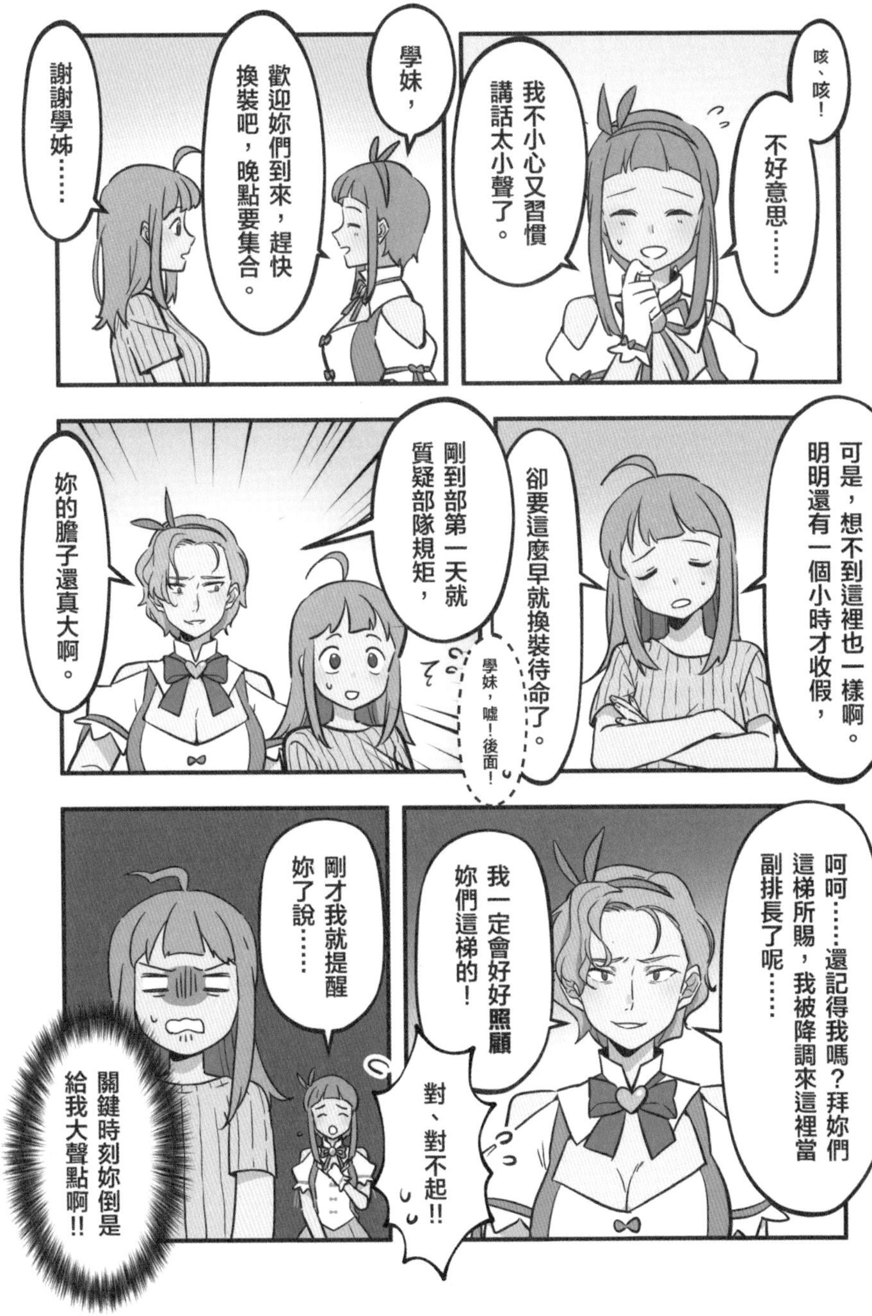
咳、咳！不好意思……
我不小心又習慣講話太小聲了。
學妹，
歡迎妳們到來，趕快換裝吧，晚點要集合。
謝謝學姊……
可是，想不到這裡也一樣啊。明明還有一個小時才收假，
卻要這麼早就換裝待命了。
學妹，噓！後面！
剛到部第一天就質疑部隊規矩，
妳的膽子還真大啊。
呵呵……還記得我嗎？拜妳們這梯所賜，我被降調來這裡當副排長了呢……
我一定會好好照顧妳們這梯的！
對、對不起!!
剛才我就提醒妳了說……
關鍵時刻妳倒是給我大聲點啊!!

下部隊後的生活，其實大同小異。
雖然還是有陌生的地方，
難吃!!
但經過新訓的洗禮，已經可習以為常。
魔法少女們！注意！
現在要來做部隊裡最重要的任務了！
什麼!?
啊……
不意外。
掃地
妳們好好幹啊！我去營站惹！
逃走了……

營站：營區內的便利商店。

啊哈！既然班長不在，
就由學姊我來分配掃地區域啦！
妳們三個！負責掃庫房那一帶！
曼芬，庫房那邊很大，只有她們三個掃，未免太吃力了……
哼！以前學姊們也是這樣讓我們掃的啊！
這就是部隊裡的「傳統」！
乖乖服從就對了啦。
哼……欺負人就欺負人，扯什麼傳統……
對嘛……

庫房。
我合理懷疑……
營區裡會種了這麼多樹，
就是怕我們沒事做吧……
總之，
我們先集中掃成一堆吧。

怎麼回事!?
落葉聚成人形!?
那是……男的嗎?
那個不重要吧!!
!?
唰!
被包圍了!!
小綾!小心!
它撲過去了!!

小綾！危險！
有了！
聽口令！上擊！
磅!!
哇啊!!
咦咦!?
我的身體……
居然下意識就動作惹!?
刺擊!!

橫劈!!
唰!
魔法棒基礎格鬥術居然派上用場……
這不魔法啊!!
喂!這個是魔法驅動的吧?
我們該怎麼辦?

我跟小綾吸引它的注意，妳趁機去找人來幫忙！
好！知道了！
咦咦咦!!讓最弱的我去找班長好不好!!
咚!!
這個威力……
打到的話肯定不死也殘廢!!
碰!!

唰!!
破壞局部沒有用！
磅!!
吼

咻!!
幹嘛做這麼絕啦!!是班長叫我們掃你的啦!!
大不了不要掃就是了嘛!!
滋……
不行了，看來還是得違反規定使用魔法了……
轟隆!
!?

妳們沒事吧？
班長!!
太好了……趕上了……
好險……
還以為會掃地掃到死呢……
不過……這到底是怎麼回事？
呵呵呵……

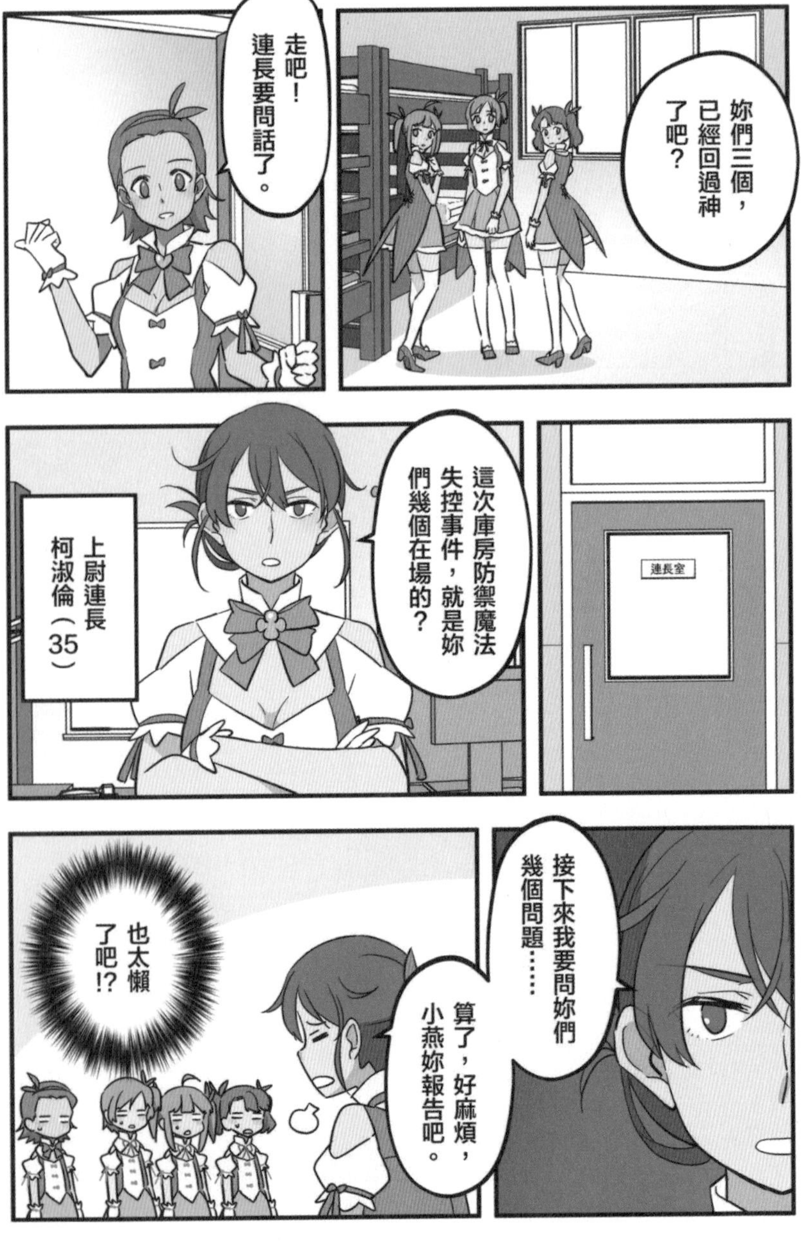
妳們三個，已經回過神了吧？
走吧！連長要問話了。
連長室
這次庫房防禦魔法失控事件，就是妳們幾個在場的？
上尉連長
柯淑倫（35）
接下來我要問妳們幾個問題……
算了，好麻煩，小燕妳報告吧。
也太懶了吧!?

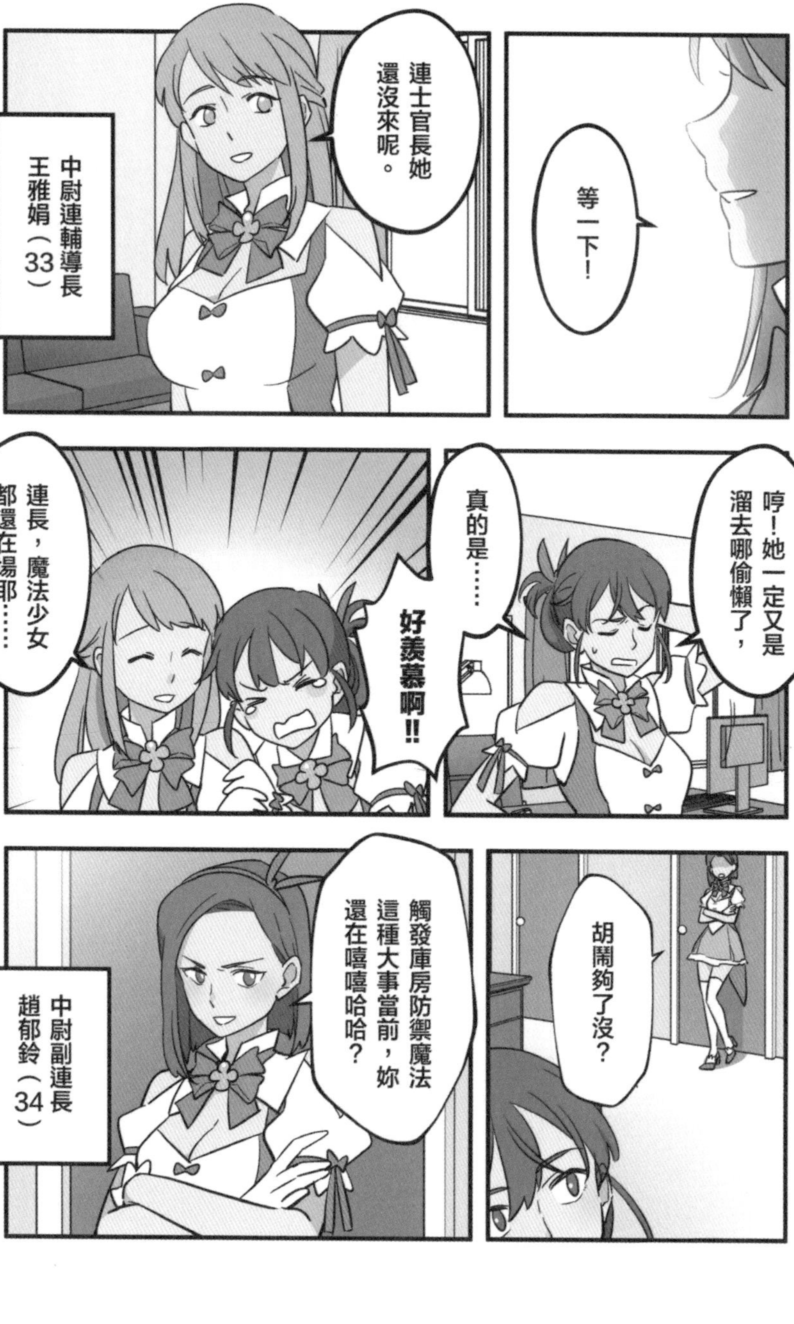
等一下！
連士官長她
還沒來呢。
中尉連輔導長
王雅娟（33）
哼！她一定又是
溜去哪偷懶了，
真的是……
連長，魔法少女
都還在場耶……
好羨慕啊!!
胡鬧夠了沒？
觸發庫房防禦魔法
這種大事當前，妳
還在嘻嘻哈哈？
中尉副連長
趙郁鈴（34）

難道說……
妳這麼拖拉，是怕這件事會拔掉妳的官階？
唉……副連長妳啊……
真的是三句不離官階升遷呢。
好啦！
那我就開始啦。
妳們三個遇到的那個，是庫房的防禦魔法，
它會自動聚合周遭的媒材，像是樹葉、沙塵等來進行防禦。
換句話說……

妳們當時有打算對庫房動手腳對吧？
!?
報告連長！沒有！
我們真的只是掃地而已！
真的嗎？不要騙我喔，我可是懶得查證的喔！
報、報告！是真的！
報告連長，她們說的是真的，根據庫房的監視器畫面顯示，
防禦魔法真的是突然就啟動的。
嗯……

好，結案，解散吧。
也太快了吧!!
庫房防禦魔法被啟動，
怎能沒個結果就散會了？
啊人證、物證都有了啊，
魔法就是自己啟動的咩。
換句話說，是庫房防禦魔法年久失修秀逗了！這就是我的推理！
連長……大事化小、小事化無的功力……
超一流!!
好啦！就這樣吧！解散！
這是連長的命令！通通出去！

連長室
可惡!!
豈有此理!!
碰!
走著瞧!!
我一定會把妳從連長的位置拉下來的!!
我說……
不覺得她就是啟動魔法的兇手嗎？動機超明顯的耶……
這連隊沒問題吧？

下部隊後，除了日常的訓練之外，
可愛!!
正義!!
也會有各種新的專業訓練課程。
打起精神來！小姐們。
今天的課很好玩喔！
我們要來學習……
使魔遠端遙控作戰！
使魔啊……之前測驗的時候好慘。
對啊！
害人家被射得一塌糊塗!!
我說妳一定要用這種說法嗎……

各位新訓時都學過如何啟動使魔，並讓他自動與自己配合禦敵。
不過使魔也有全遙控模式！
這可讓魔法少女不用親身涉險，
就能處理戰場上拆彈、疏通、搶救等任務。
全遙控模式的啟動很容易，
只要持續輸入適量魔力即可。

不過困難的是……
要如何精準控制，讓使魔做出各種動作！
喔喔喔喔喔喔!!
好了！不多說了！
妳們親自試試看就知道了！
哇喔喔喔喔！
比我想像中的簡單耶！

靠近……
壁咚!!
哈哈哈……好可愛喔!!
好好玩!
我也來!
靠近……
咚!!
咦咦咦咦!?

啊……才一擊，
就把使魔的魔力打散了。
小綾對不起，我一時魔力輸出過多……
沒關係啦。
奇怪，這比我想的還難耶……
哦哦！難得苦手的儀君！好萌！
因為要精準操縱，所以魔力太強或太弱的人都容易失手。
所以我們會設定使魔的魔力上限，
這樣在使魔對戰測驗的時候，
才判別得出精準操控的能力。

用使魔進行對戰？好像很有趣！
簡直就是在打電動嘛！我超喜歡格鬥大王的！
尤其草包京和八神憨！
哈！這點子有意思！
!?
連、連長好！
決定了！為提升整體連隊的使魔操作能力！
我們就仿格鬥大王的形式來辦個趣味競賽吧！
獲得冠軍的3人隊伍，可以擁有提早放假的福利！
喔喔喔喔喔喔!?

下部隊之後，就開始過週休二日的作息，
所以小綾又放假回家了。
K.O.
啊……怎麼這樣！
又打輸了，爸爸也變太強了吧？
哇哈哈哈哈！
因為我上司也迷上這個了，我們上班時間都在切磋呢。
喂喂你們公司沒問題吧……
說到這個，媽媽，
我們連上下禮拜要舉辦遙控使魔格鬥大賽耶！
使魔啊……我很陌生呢。
每次灌完魔力就失控跑走了……

啊哈哈……
就像上次救了我的那隻使魔一樣對吧。
等、等等，「每次」？
所以說還有好幾隻有媽媽魔力的使魔在外流浪囉？
這比賽……贏了會有獎品嗎？
有喔！連長親口說了，只要我們能獲勝，
下星期五的早上8點就可以提早離開營區了！
一般要等到下午6點呢！
下星期五？
那天正好是妳爸爸生日呢。
好！如果小綾提早回來，
我們就去吃生日大餐！

好！
我一定要贏！
然後讓爸爸請客吃大餐！耶！
……等等，我不是壽星嗎？怎麼是我請客……
我在此宣布……
55旅魔一營魔一連！
第一屆使魔格鬥大賽，正式開始！

賽制採分組淘汰制，三個人一隊，軍士官與一般魔法少女分開競賽，
魔力寶貝隊
萬華林志零隊
卍乂煞气ㄟ女孩乂卍隊
你說對不隊
穿腸隊
可愛正義隊
直到兩方的佼佼者脫穎而出，
WINNER
1
角逐最後的冠軍。
學妹，妳們好好加油啊！
在我打敗妳們前，可別輸了！
……好老派的反派式嗆聲喔。
對啊，年紀輕輕怎麼這麼老套？
妳們……少囉嗦！

哼哼……走著瞧吧！
這次我一定會打敗妳！
把妳從連長之位給拉下來！
哇哈哈！
這傢伙好像誤會成不得了的狀況了，妳等一下再跟她說明一次規則吧……
好的。
副排長，我們同隊的，
一起加油吧！玩個盡興！
呵呵……哈哈哈……

我一定要贏得這場比賽！
重新升職為連士官長!!
來人啊。
搞不懂比賽規則的人，這裡還有一個呢。
能提早放假，
讓大家都卯足了勁呢！
我也很期待！
只要贏了這場比賽，我就能回家陪爸爸過生日了！
我也是！只要贏了這場比賽，
我家親愛的說要給我滿滿的獎賞喔！
……剛才她們是不是豎立了某種flag了？

比賽正式開打！
出乎意料的，
啪!!
小綾三人（我想放假隊）勢如破竹、節節勝利！
先鋒．劉于萱。
擅長以下流的招式打倒對手。
副將．王儀君。
爆衝的氣勢嚇倒不少敵人。

主將・雷小綾。
22 HITS
以流暢的連擊實力跌破眾人的眼鏡！（雖然大家都戴隱形眼鏡）
她們一路取勝，終於來到魔法少女組的決賽！
哼哼哼……
妳們幾個菜鳥能贏到這裡，值得肯定……
但是也到此為止了，我們破天雷神隊才是最強的！
這隊名……好中二……
我都尷尬癌發作了……
給我閉嘴!!

ROUND 1
FIGHT!
使出大絕招!
交纏的寢技!!
上下其手!!
超不舒服!明明是遙控使魔但使用者也感覺超不舒服!!
劉于萱，獲勝!
馬上迎來高潮呢!我是說比賽啦。
心理創傷……

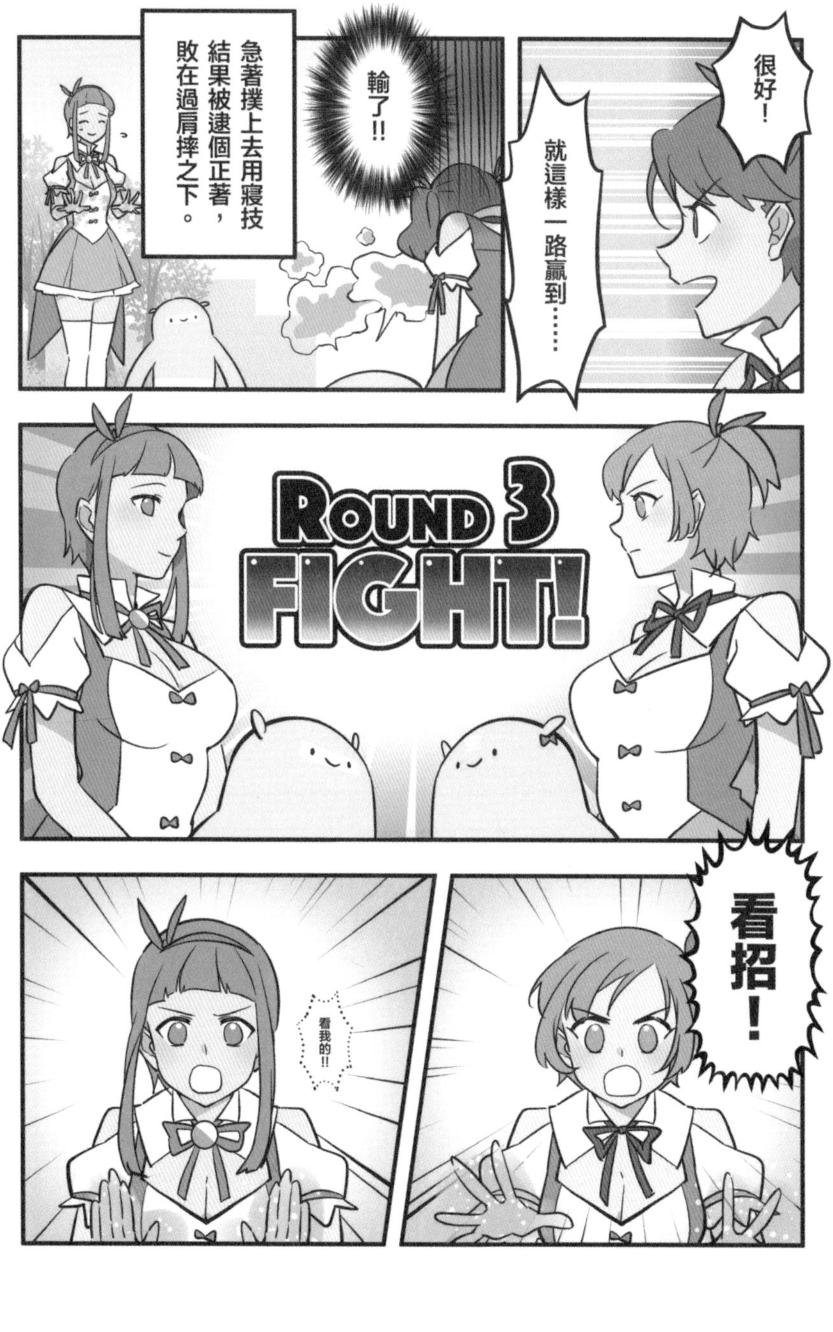
很好！
就這樣一路贏到……
輸了!!
急著撲上去用寢技
結果被逮個正著，
敗在過肩摔之下。
ROUND 3
FIGHT!
看招！
看我的!!

迴旋踢!!
我擋!!
哈!
喝!
喝!
嘿!
音量好懸殊的一場比賽……
好像耳機一邊壞掉一樣……
王儀君，獲勝!
承讓了。
這氣勢太強了……
果然……
還是得靠我終結一切嗎……

ROUND 4
FIGHT!
看我的……
破天雷神……
永劫拳!!
砰!
墮天使輪迴審判之擊!!
磅!
魔眼之怒!!
喝!!
狂魔的永久聖戰!!
不滅之冬的嘆息!!
雷神咆哮．改!!
終焉的喪鐘!!
新七原罪之無限反物質連擊!!
哪來這麼多中二招式名稱啦……

魔神逆天之擊!!
勝負已分!!
啊……輸了。
這麼單純的攻擊方式也想跟我鬥……
姆哼哼哼……
姆哈哈，哈哈哈哈!!
公然模仿八神憨……這中二力破錶啊……
但她說得對，相較於儀君，她的攻擊確實比較靈巧！可是若跟我比起來，我覺得我有勝算！
嗯……
碰!
碰!

反正都有把握贏了，那就用「那招」吧！
小綾！
用「那招」的話，
會把對手氣得七竅生煙，爽度很高喔！
這天使怎麼比惡魔還要惡毒啊!?
好吧……就用「那招」了！
ROUND 5 FIGHT!

看我的！
神選之大翼爆擊……
咚！
唔！
可惡……那這招如何？
地獄門之變……
咚！
呃啊！
我就不信!!
看我的突破蒼穹光炫六連擊……
咚！
唉唷！

妳……
到底要不要認真打啦!!
妳再給我下踢試試看!!
咕哇!
妳這個混蛋!!
氣死我了!!殺了妳!!我一定要殺了妳啊!!
哇!效果顯著!
電玩格鬥界最容易激怒對手的招式第一名,
無止盡的下踢,果然不是蓋的!!
這麼單調的攻擊,
妳真以為我沒辦法嗎?

我跳!!
!!
還是下踢。
一鼓作氣!!
踢踢踢!!

勝負已分!!雷小綾獲勝!!
K.O.
恭喜「我想放假隊」獲得挑戰總冠軍的資格!!
居然……
真的就這樣被踢掛了……
不好意思啊學姊，我本來也不想用這招，
但誰叫妳之前一直故意針對我們……
所以我才想……咦？
還沒完呢。
過來!!
單挑啊!!
使用這招的風險就是，容易演變成真人快打。

妳們是在幹什麼？
馬上給我住手！
!?
抱歉、連長！
但是妳也看到了，是她先耍賤招……
賤是賤，但沒有違反比賽規則就沒問題。
但妳意圖動手打人，問題可就大了！
所以懲罰妳！正常放假！
咦咦咦咦!?
這麼嚴重!?

放假有兩種，
第一種是提早假，
乃放假日的前一天
下午六點離營。
第二種是正常放假，
乃放假日當天早上的
八點離開營區。
差一個晚上，對於分
分秒秒都珍貴的魔法
少女們來說，根本是
天壤之別。
所以正常放假在軍中
已成為變相的懲罰。
註：這次比賽冠軍能獲得的是放假日前一天當天上午八點就能離營，可說是「超・提早假」
我、我……
報告、是!!
哭奔！
怎麼這樣？
我只是想捉弄她一下，沒打算害她晚放假的。
小綾，
這又不干妳的事，是她自己情緒管理差勁，自作自受！

這鬧劇差不多了吧？
快點開始我們軍士官之間的比賽吧！
啊……可是，
我們第一戰的對手，還有一個沒出現耶。
副連長
連士官長
中士班長
真是……
辦這什麼孩子氣的格鬥比賽啊？不如拿來睡午覺啊。
一等士官長 徐力佩（45）

妳就繼續漫不經心吧，到時位子丟了就知道！
不不不……真的無關升遷啦……
好大的口氣……我可不會就這樣把我的位子讓出來啊！
都說了無關升遷妳們是安怎啦!?
交給妳行吧？
我可不想為這些小嘍囉浪費我寶貴的力氣啊！
當然沒問題！
不過妳答應招待我的米其林二星餐廳，也別忘記了啊！
ROUND 1
FIGHT!

砰！
碰！
可惡！明明是個胖子，
操縱使魔卻這麼靈活！
妳剛才不是嗆很大？
看來也是不怎麼樣嘛。
難怪，連士官長的位子都坐不穩，
被貶到這裡來當副排長，哈哈！
妳說什麼!?

磅！
勝負已分！士官長獲勝！
可惡！
!?
妳剛才打算讓使魔直接攻擊士官長吧？
妳們一個一個都這麼想要玩真人快打啊？
懲罰：正常放假。

因為軍士官的人數相對少，所以比賽很快來到了準決賽……
哼哼……最後的對決果然是我們兩隊啊！
等著吧！我要打敗妳！接收妳的連長之位！
妳怎麼還是搞不清楚狀況啊？
什麼？難道不是賭上連長之位嗎？
才不是!!
少騙人了!!
剛才曼芬學姊哭著跑開……
好像是往連兵舍後面去了？

唔哇……這裡好偏僻……
啊！
曼芬學姊……
妳、妳來做什麼？
要來對我落井下石的嗎？
不是的！
我只是……真的沒想到事情會變成這樣……
少假惺惺了!!

要不是妳出那個賤招!!
事情會鬧到現在這樣？
可是學姊……
之前妳也一直對我們出賤招啊。
呃、我……
不管啦！都是妳害的！我本來週五晚上有重要的事情，都泡湯了!!
什麼事？
我……
我、我本來要去看電影《快樂小虎島》啊!!
那不是兒童動畫嗎!?

兒童動畫又怎樣啦？很好看啊！有意見？
沒、沒……
反正我們是徹底槓上了，以後妳們有得瞧了！哼！
曼芬學姊……
我們一定要這樣針鋒相對嗎？
走出營區，大家都只是一個普通人，
為什麼一有階級就要變了本性呢？
我們難道不能當個朋友嗎？
朋、朋友!?
妳妳妳妳想跟我交朋……
鬼扯什麼！走開啦！
咦咦咦咦!?等等我啊!!

妳別跟……
嗯？
!?
……!?
這是……什麼!?

難道……
這是鬼嗎!?
不對！
我看過鬼！鬼不會長這樣！
妳也好恐怖!!
總而言之……
先打個招呼！嗨！PEACE！
哦哦哦哦！奏效了？
咦？
殺過來啦!!

磅!
哇啊啊啊!!
咻
咻
唰!
痛!!

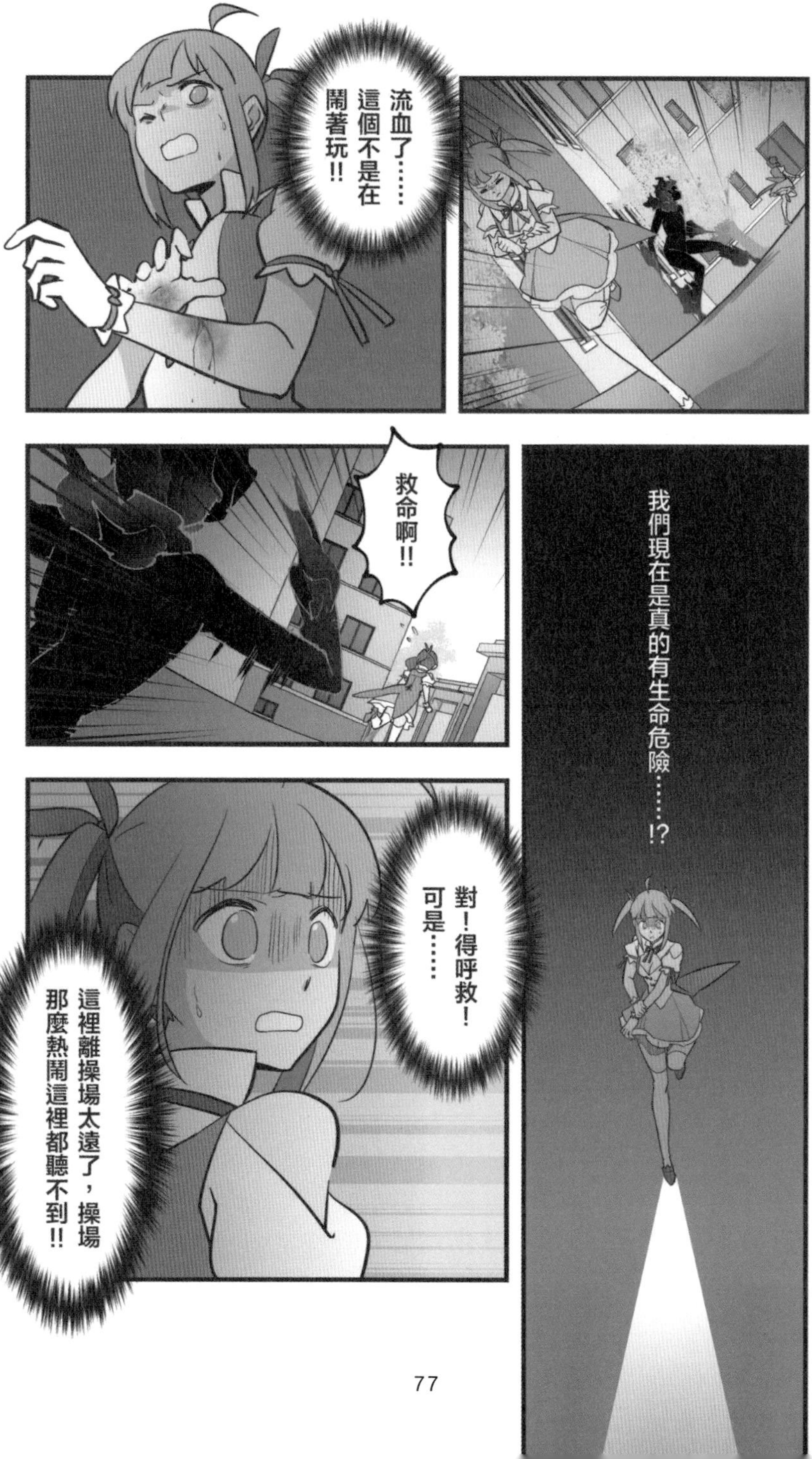
流血了……這個不是在鬧著玩!!
我們現在是真的有生命危險……!?
救命啊!!
對!得呼救!可是……
這裡離操場太遠了，操場那麼熱鬧這裡都聽不到!!

砰!
不要過來啊!!
咦!?曼芬學姊……
這不是怕到崩潰了嗎!!
咕哇呱哈啊啊啊啦哈啊呀啊啊!!
也對、雖然是學姊，但其實她只是個19歲的妹妹啊……!!
這時，一股異樣的情緒油然而生……

這個原理就像是，
如果兩個人都很害怕，
但其中一個又特別害怕，
那麼另外一個人，
反而會不得不鼓起勇氣！
優雷優雷……
優雷彈!!
碰！
雷小綾……
反擊了？

曼芬學姊！我們要同時逃是不可能的！
所以說，我來拖住她，妳先逃去跟大家求救!!
拜託妳了!!
明明自己也害怕得要命，但是……
雷小綾……居然要讓我先逃走？
我知道了！妳撐著點！
我馬上找人來！
哈、好啦，這下子沒有退路了……
衝—!!
現在就讓妳瞧瞧我全部的潛力!!

閃
咕哇!!
啊
啊勒——!?
要死掉啦啊啊啊!!
!?
留妳一個人、果然是不行的吧……
畢竟、我可是學學學學學、學姊啊!!
曼芬學姊!?

學姊！那我們現在……
要用什麼戰術呢？
什什什什什什麼麼!?
果然還是嚇傻的狀態啊……
好吧！不然這樣，我們都很弱，乾脆一起合作；我負責防守、妳負責攻擊！
好！來吧！

雷魔法——
雷繩！
磅！
看、看招!!
轟!!

唔哇!!
嚓!
成功了!?
那就用這招!
把妳的手借我!!
沒用啊!她又要來了!怎麼辦?
組合技。雷跳繩!!

把雷繩變成跳繩，
不僅能做到絕對防禦，
而且往前跳，
還能變成攻擊呢！
霹啪!!
霹啪!!
……
一起跳？
!?

唰!
哇啊啊啊!!
糟糕……
快躲開!!
!?
磅!

霹啪!!
霹啪!!
抓、抓住了!?
噠噠噠噠……
霹啪!!
霹啪!!
哈!釣到大魚啦!
連長!?

之前庫房事件也是你搞的吧？
沒枉費我舉辦比賽製造空隙，果然上鉤了啊！
!?
啪！
居然扯斷束縛魔法？
不簡單嘛！
啊！要開溜？

此路不通喔。
啊！輔導長！
還有士官長也來了！
麻煩死了……
不要做夢了，
我早就準備好逮你了。

還想掙扎嗎？
那我就陪你玩玩。
士官長！幹掉它！
結果是要我跟它打啊!?
浪費我的時間……
一擊就結束吧！
!?

雷劈鉤!!
磅!
士官長好強!!
贏了!!
難怪……平常這麼混卻沒被開除啊……

這個是……
火系魔法少女的魔道具!?
火系的？她們又來鬧了？
咦？為什麼她們要來鬧？
在第三次世界魔法大戰中，雷系魔法少女因為某位魔法少女的突出表現而聲名大噪。
但火系魔法少女自認她們才是魔法少女中最操最強悍的部隊，所以看雷系很不爽。
因此火系與雷系常常起衝突，想藉此證明自己的優越地位。
這次恐怕又是她們刻意要擾亂雷系，給雷系難堪了吧？
蛤？太誇張了吧？
不過就是服個魔法役，有需要搞成這樣子嗎？

連長，妳怎麼看？
火系的確實常常挑釁滋事……
不過都還算是小打小鬧，這次卻闖入營區意圖竊盜、傷人？太誇張了……
我覺得事情不單純，魔道具先收起來，不要聲張，我再想想。
是。
……不過，
上次的庫房事件，
還有這次的事，怎麼這個魔法少女都恰好在場？
總之幸好得救了……
好可疑啊……

傷口治療好了！
謝謝輔導長！
妳們兩個聽好了，
這件事情
不要外傳喔。
報告！是！
好，我們回去
大家那邊吧。
……嗯？

妳們比賽到一半，跑哪去了？怎麼會全部一起回來？
我突然肚子痛去上大號，
順便把這兩個閒晃的魔法少女抓回來囉。
那、那輔導長為什麼也去？
她去拿衛生紙給我啦。
蛤!?
一定要用這種理由嗎……
那士官長呢？拿衛生紙要這麼多人嗎？
我去哪裡干妳什麼事？
妳管我那麼多幹嘛？
唔唔、可惡……
平日我這麼努力拉攏她，看來還是連長的人嗎……

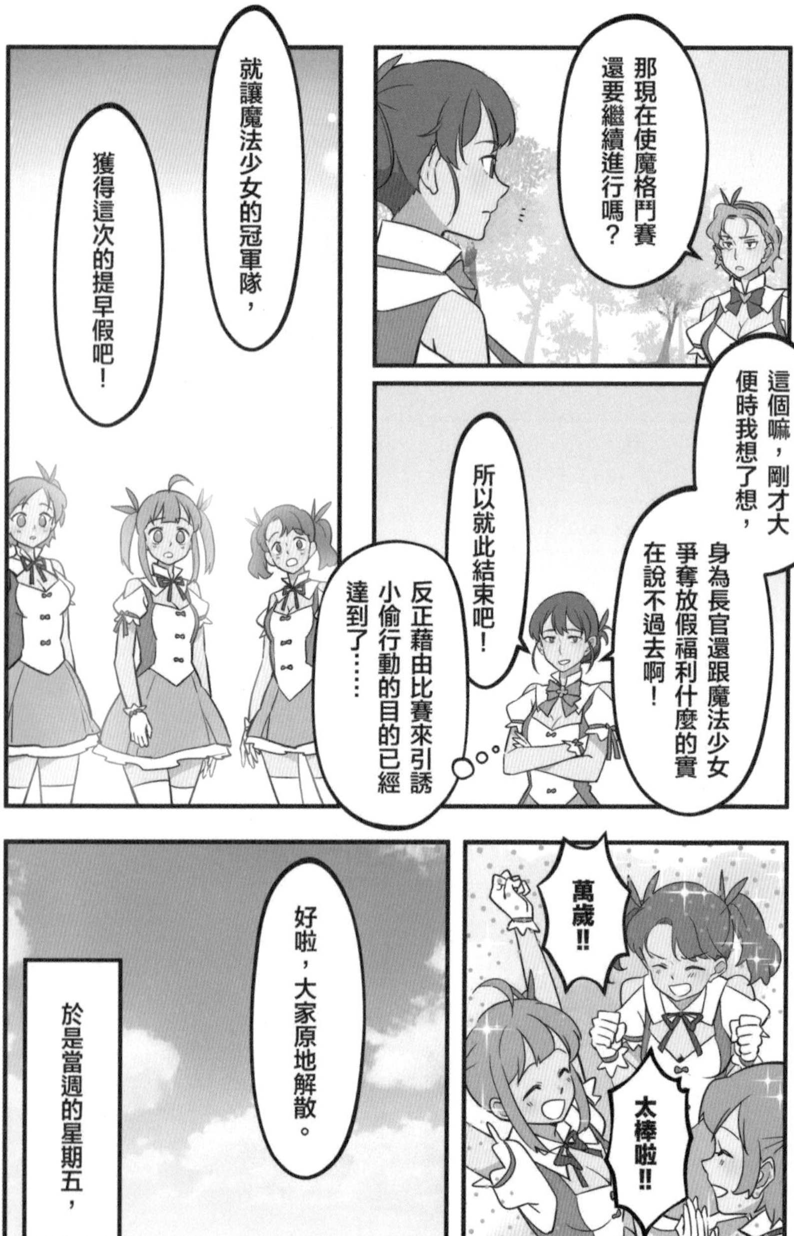
那現在使魔格鬥賽
還要繼續進行嗎？
這個嘛，剛才大
便時我想了想，
身為長官還跟魔法少女
爭奪放假福利什麼的實
在說不過去啊！
所以就此結束吧！
反正藉由比賽來引誘
小偷行動的目的已經
達到了……
就讓魔法少女的冠軍隊，
獲得這次的提早假吧！
萬歲!!
太棒啦!!
好啦，大家原地解散。
於是當週的星期五，

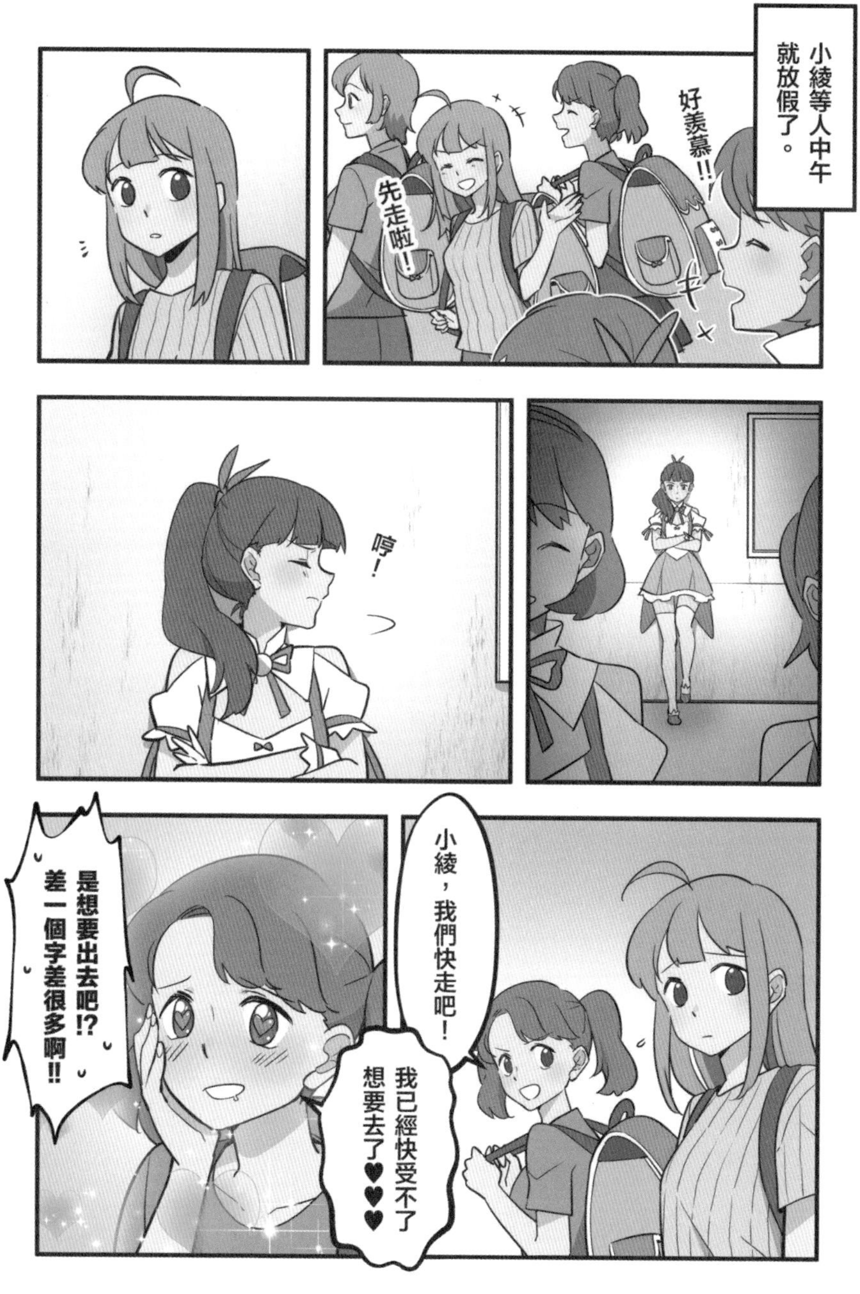
小綾等人中午就放假了。
好羨慕!!
先走啦!
哼!
小綾，我們快走吧!
我已經快受不了想要去了♥♥♥
是想要出去吧!?差一個字差很多啊!!

她們如願快樂地回到親友身邊，
享受難得的約會，
度過長達兩天半的假期。
本來應該是要這樣的。
海……真美。

星期天的午後，在此漫步……
卻一點都不快樂……
雷小綾!!
發什麼呆啊？手不要停啊！
還不快點裝沙包!!
報告！是！
星期天中午過後，通通被緊急召回，因為，颱風要來了！

小莓做給助手看的……

魔法棒的上色小教室★

示範軟體：CLIP STUDIO PAINT

1. 先準備一根棒子的線稿。

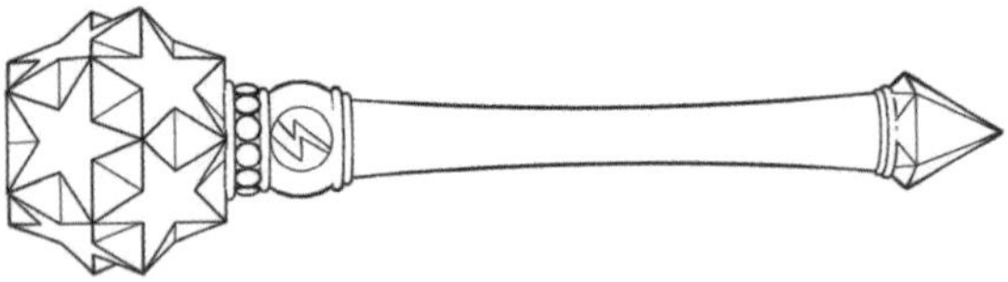

2.頭尾鑽石用「藍紫色」漸層，白色棒身的陰影稍微點綴。

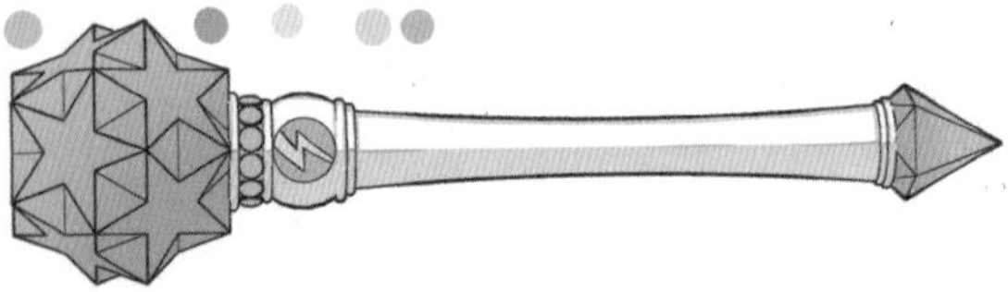

3.頭尾鑽石撒一點點白色噴霧。

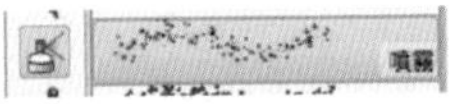

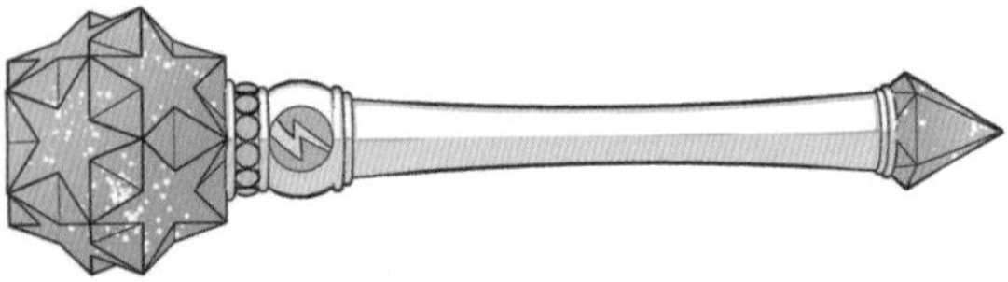

4.新開圖層，星星填入白色，不透明度設50%，圖層效果使用「相加（發光）」。
在線稿之上開新圖層，不透明度設50%，一樣使用「相加（發光）效果，
在最上面開新圖層，用稍硬的柔邊噴槍，在閃電圓形部分加白色高光，就完成囉！

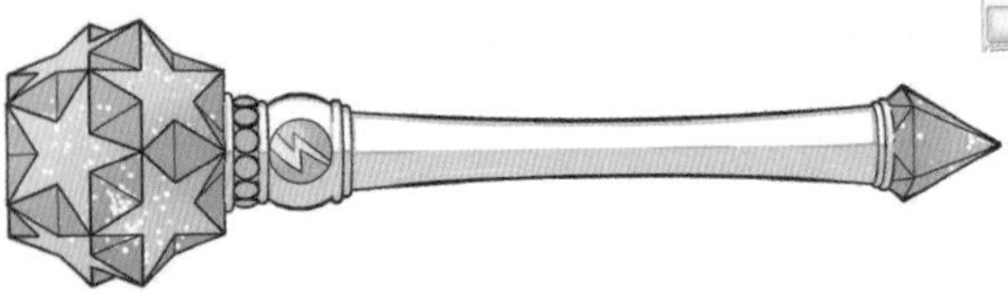

第八章
各種災難持續發生

在臺灣，夏秋兩季常常面臨颱風的威脅。
安安！
而且常常一來就來好幾個。
安安！
安安！
安安！
安安！
所以事前事後都需要魔法少女的防災與救災……
啊！我不行了！
讓我喘口氣！
我的手真的快要斷了！
雷小綾，
妳才挖這樣就哀哀叫，會不會太遜了啊？

不是啊
班長大人！為什麼我們不用魔法來做這件事情就好呢？
妳傻啦？魔法消耗的不也是妳的體力？
既然如此，妳動手挖也是一樣的啊。
不！我的意思是直接張開魔法結界抵禦淹水不就好了？
那個魔法結界不也是需要有人消耗體力才能一直維持？
妳要讓民眾不睡覺一直撐在那邊逆？
呃……
魔法不是萬能的！物理性的沙包才是防颱必備好物啦！
妳休息夠了吧？還不快點去挖？
報告是…
上頭有交代，要準備多一點沙包給民眾使用，提升魔法少女的親民形象啊！
奇怪，怎麼沒看到儀君？

咦!?
哇啊啊啊啊!!
小綾，沒事吧？
話說……妳未免也挖太深了吧!?
防空洞嗎!?
儀君!
哈哈……一不留神就……

嘿咻……
儀君真是誇張……
嗯？
學、學姊！
謝謝妳……
別、別誤會啊！我只是順手而已！
我還沒原諒妳害我晚放假的事！
妳妳妳妳妳給我記住！

碰！
唉……
累死我了……
妳挖幾包了？
才50包……還有一半！
討厭啦！為什麼美好的星期天假期午後……
我要在這裡挖洞呢？
平常這個時候，
都是親愛的在挖我
母湯！母湯！
這梗太下流了！不要嚷嚷啊！
嗯？

火系魔法少女？
她們也來挖沙包了？
呦！雷系的。
我們火系魔法少女要開工啦！
請妳們家的魔法少女閃遠一點好嗎？
呃……不好的預感……

呵呵……等一下，
老娘我沒聽錯吧？
妳們火系她媽的算是哪根蔥？
憑什麼要我們雷系讓開啊？
憑什麼？哈哈！
火系魔法少女，讓她們見識一下！
哦哦哦哦!!
看見沒？我們比妳們更有效率！所以啊，
乖乖把場地讓出來！然後滾去一邊玩沙吧！
哦哦哦！真的好厲害！
看來我該讓賢了！
喂……也太快認輸了吧？

哈！
哈！
哈！
火系的，連挖個沙包都要拼輸贏？
妳們會不會太幼稚啦？
雷系魔法少女聽我命令！
通通都給我往死裡挖！
挖到石油噴出來也別停！
妳還敢說別人啊啊啊啊啊!!
於是，挖沙包競賽就此展開。
喀！
!?

雷系的，借過啊！
呃……
沙灘那麼大，妳們幹嘛靠這麼過來？
哼！因為我們需要空間才能實施範圍技啊！
範圍技!?
就讓妳們開開眼界吧！
姊妹們！動手！
唰!!

看我撈好撈滿！
喝!!
哦哦哦哦！太強啦！這樣一次就馬上裝好一袋啦！
不過我們也有放範圍技的人喔！
什麼？
儀君！
該妳上場了！

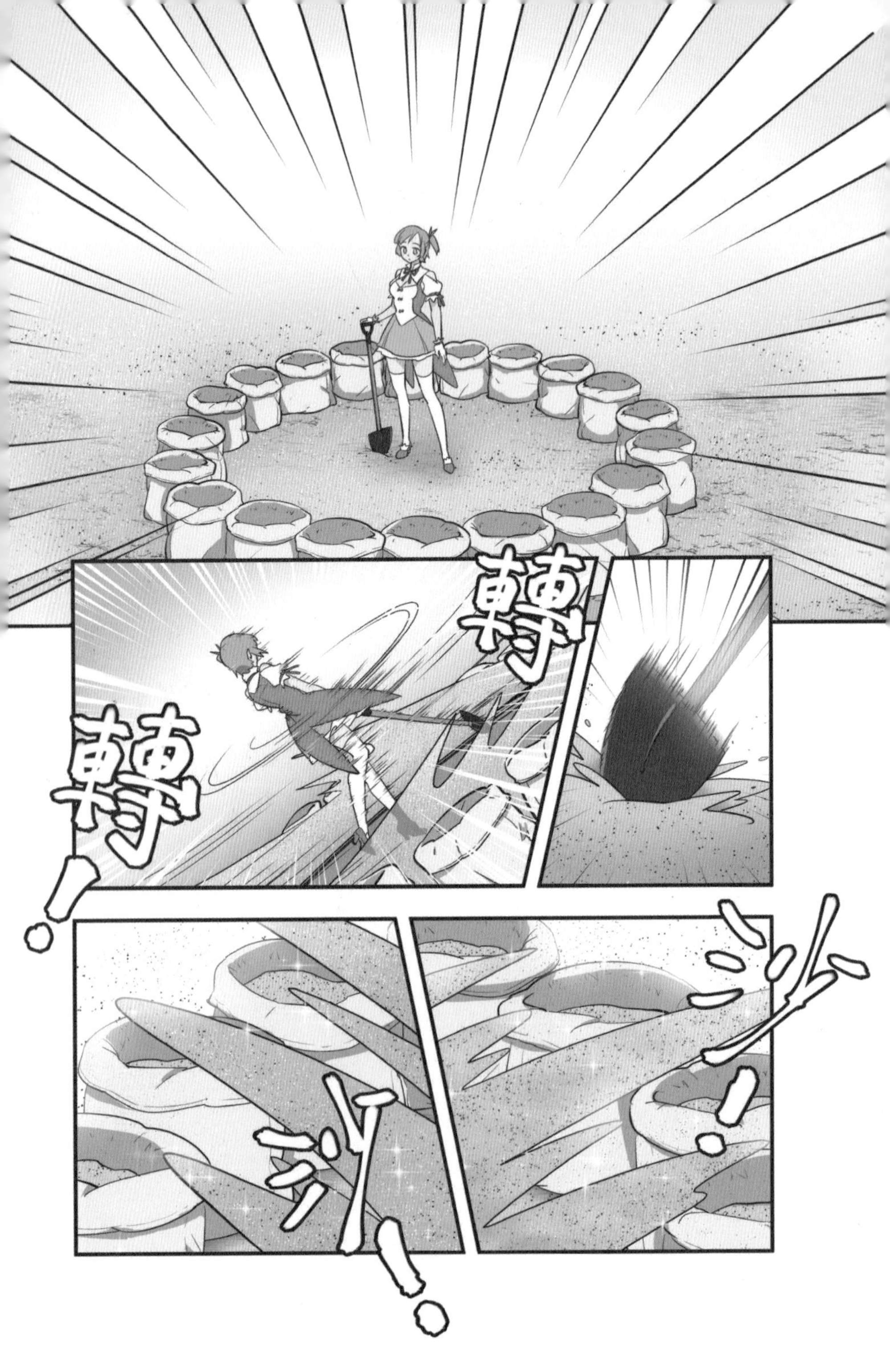
轉
轉！
沙！
沙！

一個人就完成了範圍技?太神啦!
儀君儀君得第一!
不知不覺間，這場競賽超過了原訂的時程，
風雨已經開始登陸了……
士官長!風雨太大啦!真的不能再挖了啦!
這樣太危險!
會飛太遠!
可惡……不跟這群瘋子胡搞瞎搞啦!
雷系的，我們要戰略性撤退!
哈哈哈哈!要逃跑啦!?
都說了我們這是戰略性撤退啦!
雷系滾吧!!
火系萬歲!!
繼續挖!!
在幫助災民前……
這些人會先成為災民吧……

雖然臺灣民眾已經對防颱習以為常，
但每次颱風過境後，都還是會有災情重創家園。
所以國家魔法少女就要出動，協助民眾進行災後復原。
待會清理現場，要聽民眾指揮，
他們沒有說可以碰的東西就別碰，懂嗎？
報告是！

妳們來得正好啊！
好多被颱風弄壞的東西要清理掉呢。
阿公，交給我們吧！
破掉的門板與發霉的衣物。
被蟲蛀掉的大木桌。
……
用了30年壽終正寢的老冰箱。
……
很多都跟颱風沒關係啊？
不少民眾會利用時機凹免費的家庭清潔。

沙沙……
喂！那邊的魔法少女！
用心點掃啊！這裡還有一片落葉呢！
抱、抱歉！我馬上來掃乾淨！
真是的，想當年……
我當魔法少女的時候，
掃地功力可是練到頂了呢!!
聽起來好像很厲害！
可是又好像哪裡怪怪的。

喂！妳們兩個來！
隨便點！
幫一下這位阿嬤。
啊，韻安學姊！
小綾。
這間倉庫的窗戶破了，颱風灌進來吹得一團亂。
麻煩妳們幫我整理整齊就好。
這邊主要都是我孫子們的舊物雜物，
好像還有一些奇怪的魔法玩具，妳們小心別誤觸喔！
好的，我們知道了。

啊……好懷念啊！
這些玩具我以前也都有玩過耶！
啊！這個是！
電子雞耶！
我以前也有兩三顆!!
電……子雞？
不會吧？學姊！妳不知道這個？
不曉得耶……
不可能！當時人手一個耶！
紅到連電視新聞都有報導耶！

因為我小時候都住在國外，
所以真的不知道這個電子雞……
原來是這樣啊？
我還以為全地球的人都知道的說……
壓！
嗶！
咦咦咦咦!?
咻！
天啊……
電子雞……
跑出來惹!?

嗶嗶嗶!!
電子雞實體化了!?
原來這是魔法玩具嗎!!
唰!
啊!!
磅!
啊啊!!
剛才好不容易整理大半的地方都被弄亂了!
完蛋了!
要怎麼樣停下來啊?

啊！我懂了！
滿足他就能關掉了！
他現在是肚子餓了！
好！餵你吃飼料吧！
狂噴!!
咦咦咦咦!?
……
嗶嗶嗶嗶嗶嗶!!
更生氣啦!!

抱抱他就可以安撫他的怒氣！學姊！我們上！
飛撲！
有、有效嗎？
效果顯著。
太好了！
冷靜下來之後，也願意吃飼料了……
退開……

吃飽之後，
馬上大便……
明明就是玩具！大便做得這麼寫實幹嘛啦!?
好臭!!
清完之後總算關起來了……
不過這下子又要重新收拾了……
原來、電子雞這麼可怕……

噗!!
哇哈哈哈哈!!
怎麼了?
我說了奇怪的話嗎?
沒有啦!不知為何就被戳到笑點……
之後總算收拾完倉庫，救災工作也告一段落。
傍晚時分，終於回到了營區。
太棒了!可以休息了!
救災真的是累死我啦!

是嗎？
妳認真看一看。
滿地！
落葉！
東倒！
西歪！
因為營區很空曠，所以颱風的摧殘就更加強烈了……
看來這下子我們有得掃了……
搞了半天、
自己的營區才是最大的災區啊!!
後來掃到了半夜才結束。

異世界私自打開魔法通道的入侵，
是絕對禁止的。
但是也有合法的異世界旅遊管道，
促進旅遊經濟與文化交流。
今年來臺觀光的異世界旅客，
已經突破了五百萬人次。
第五百萬人次的幸運旅客
是一對來度蜜月的夫妻！
07:34
雲林縣
26~34°C
我有話說
爆料信箱：hi@mixflavor.com
不過衛生署也提醒，嚴禁挾帶火豬肉入境，
違者最高可開罰百萬……
旅遊啊……真好！
我也好想去玩啊。
哼哼哼……

明天開始的三天中秋連假，我要跟家人去台東家族旅遊喔！
不要太羨慕啊！
誰叫妳們是還沒升一等的菜鳥！
乖乖留守營區吧！哈哈！
可、可惡！
菜就該死嗎……
我好想放假睡個爽喔！
我也好想跟我家親愛的睡
妳住嘴!!
嗚嗚嗚……
……
帶點紀念品給妳們，也不是不可以啦……
曼芬，妳太小聲囉。
囉、囉嗦!!
輪不到妳來說我啦!!

那韻安學姊也是要跟家人團圓吧？
不……我父母剛好有事回去英國一趟了……
啊！之前韻安學姊說在外國長大……
原來就是英國啊！
是的，在唸高中前都是待在英國的愛丁堡生活。
愛丁堡很美耶！我們家偶爾也會去那邊的別墅度假。
啊！好巧。
……儀君剛才好像不經意地講出不得了的內容耶……

緊急插播一則
新聞快報！
剛才得到移民署證實，
有一個狼人族旅行團在
入境後集體脫團！
目前統計共有98個
狼人失聯！
什麼!?
狼人族，來自狼人星，
外表與地球人無異，其實
已演化成非常和平的民族。
只有月圓之時才會
化身為狼人。
狼人狀態的他們，
理智會稍稍下降。

唯獨有一樣東西，會令他們瘋狂……
那就是……
烤肉!!
狼人族熱愛吃烤肉，到了嘖嘖稱奇的地步。
基本上來臺灣旅遊，
就是餐餐無休的燒烤店之旅。
而熱愛烤肉的他們，在中秋節期間逗留臺灣，是極度危險的。
因為在臺灣，中秋節又名為……
烤肉節!!

在這個家家戶戶都照三餐烤肉的大日子，
光是空氣中的烤肉香，就足以令他們失去理智！
肉-肉-肉-！
把肉交出來！！
再加上中秋月圓的催化，更會讓他們進一步失控，極有可能引發傷人事件！
所以依照規定，在中秋節前後期間，狼人族不得滯留在臺灣過節……
他們應該是為了吃烤肉才故意脫團的吧？
畢竟烤肉節的誘惑實在是太大了……
通通有注意！
!?
大家看到新聞了吧？剛才上頭命令下達，
一起去支援搜索脫團的狼人族！
在全部逮捕之前，所有人不得休假！
咦咦咦咦!?

嗶嗶
快烤好了！
哇！
真香！
我進去拿幾罐啤酒……
嗯？
妳、妳的背後!!
？
吼！
哇啊啊!!

混蛋!!我辛苦烤的肉啊啊啊啊啊啊!!
比起肉你應該先關心我這個女朋友吧!?
居然驚嚇到我女友……
現在改口太慢了!!
吃我的火焰彈啦!!
咻!
!?
咦咦!?

鏘!!
吃我的……
電流急急棒啦!!
嗞啪!
壓制成功!往下一區移動!
魔法少女們徹查巷弄!
找出狼人族藏匿之處!
找到後組成包圍網!
由幹部逮捕狼人族!

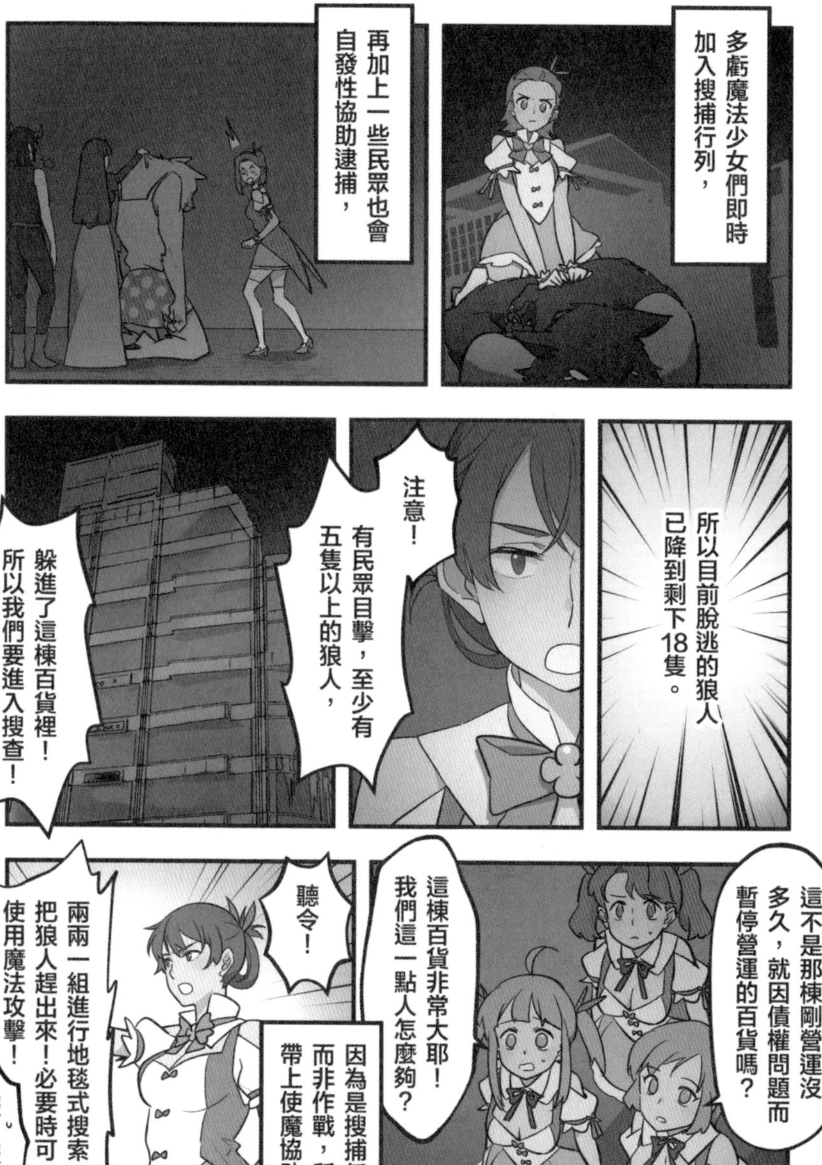
多虧魔法少女們即時加入搜捕行列，
再加上一些民眾也會自發性協助逮捕，
所以目前脫逃的狼人已降到剩下18隻。
注意！
有民眾目擊，至少有五隻以上的狼人，
躲進了這棟百貨裡！所以我們要進入搜查！
這不是那棟剛營運沒多久，就因債權問題而暫停營運的百貨嗎？
這棟百貨非常大耶！我們這一點人怎麼夠？
因為是搜捕任務，而非作戰，所以沒帶上使魔協助。
聽令！
兩兩一組進行地毯式搜索，把狼人趕出來！必要時可使用魔法攻擊！
報、報告是!!

兩個人要搜一層，實在是太大了啊。
畢竟平均分配到整座商城，也只能這樣配置了。
空蕩蕩的百貨公司怎麼感覺有點可怕啊……
小綾！
!?
妳看，模特兒被擺成好搞笑的姿勢。
儀君還真是鎮定啊……

看到什麼了？
好像有影子閃過，
可是這裡太大了我不太確定……
我們分兩頭去搜尋吧！
有狀況就大叫！
好吧……
安全門？
這裡應該沒什麼吧？隨便看看就快走吧！
碰！
欸……？
鎖起來了？

啊對了！安全門可能只進不出，
所以我才會打不開！
有了！去樓下再上來就好！
小綾！
小綾！妳在哪？
快快快！儀君應該在找我！
14/13
去另外一頭了嗎？
啊——！我是白痴嗎？樓上或樓下的安全門一樣是只進不出的啊啊啊！
14/13

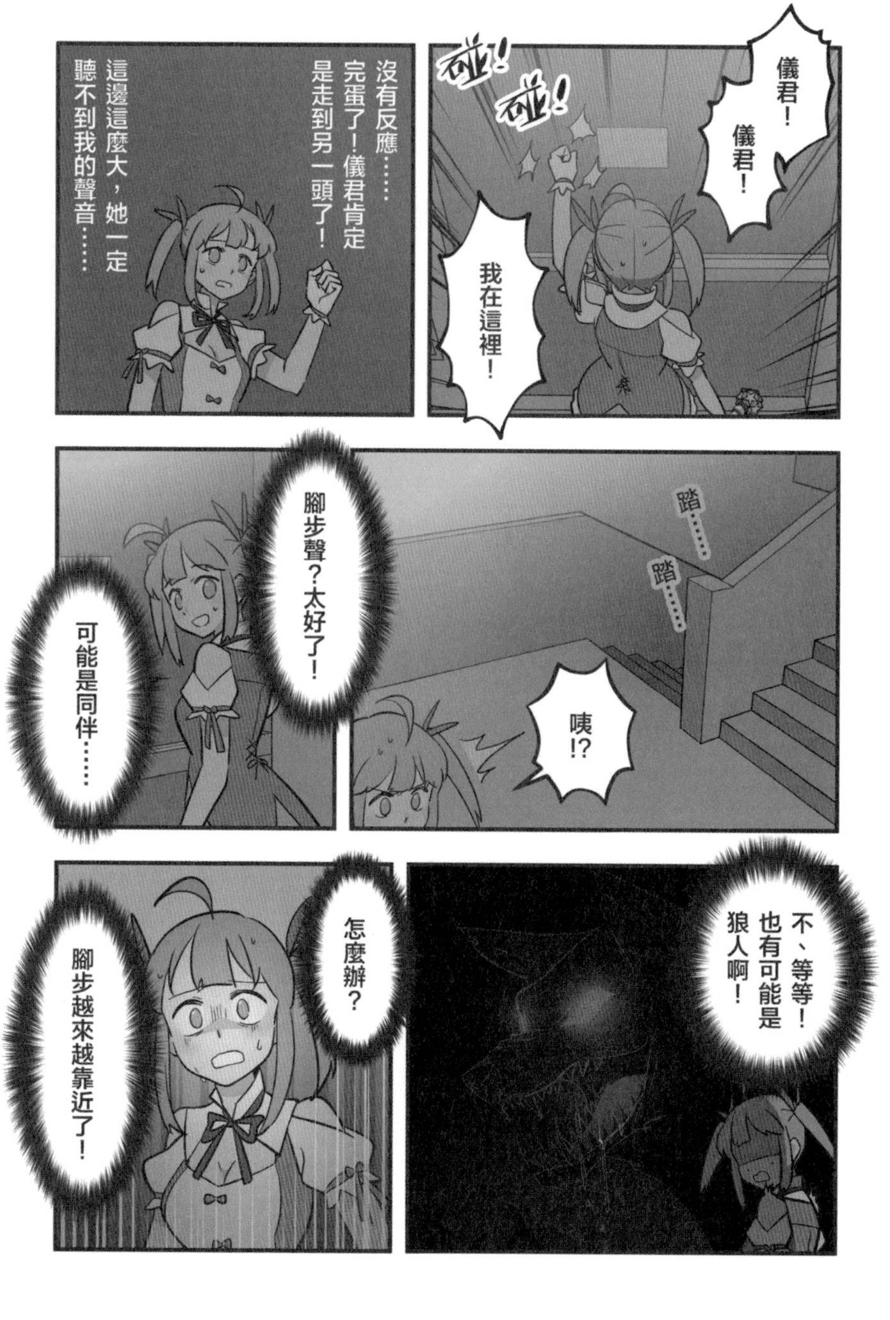

儀君！儀君！
碰！碰！
我在這裡！
沒有反應……完蛋了！儀君肯定是走到另一頭了！
這邊這麼大，她一定聽不到我的聲音……
踏……踏……
咦!?
腳步聲？太好了！
可能是同伴……
不、等等！也有可能是狼人啊！
怎麼辦？
腳步越來越靠近了！

不准動!!
咦？
你是……阿遠？
小綾？
妳怎麼在這裡？
我們被派來搜捕這棟百貨裡潛伏的狼人……
我們也是……我們負責搜安全梯……
太好了！我跟同伴走散了，又被困在這個樓梯間……
剛才還以為是碰上狼人了呢……

喔！妳就是雷小綾……
海軍陸戰隊一等兵
林仁星（22）
我們家阿遠唯一會提起的……
！
學長！不要講多餘的話啦。
什麼什麼？好想知道噢！
咳！雷小綾，要到頂樓的安全門才能回到裡面，
妳就跟我們一起爬上去吧。
好好好！
EXIT
消防箱
到了！再搭電梯下去妳就能跟同伴會合了。
太棒了！感謝！

等一下！
我突然賽在滾！你們先在外面把風等我一下啊！
咻～
安靜……
對了，剛才你學長說你有提到我？
你是說了什麼啊？
啊，那個……
仔細想想，明明素昧平生……
雷小綾卻願意幫助我姊……
真的是很善良又可愛呢……

沒、沒什麼啦！
咦？
狼人!?
準備戰鬥！
學長！請快點出來！
有危險了！
不、可是！我這邊也很危險啊！
沒有衛生紙了。

近距離看狼人……
才發現，
!?
原來他們這麼高大!!
雷小綾不要怕，妳在遠處幫我牽制他就好，由我上前制服他。
知、
知道了！
優雷彈！
優雷彈！
優雷彈！

咻—
!?
颯
男性軍隊的軍棍，
可附加麻痺魔法，
配合打擊
效果顯著。
碰碰碰碰碰碰碰碰碰碰

成功了！
好厲害！
救命啊!!
學長!?
我們來了！學長怎麼了？
拜託……沒有衛生紙了……救我……
支線任務，解救完成。
真是的……
歹勢……
不夠的話我也有……

哼哼哼……
制服一頭狼人，你們做得很好！
完全復活
接下來這頭狼人就交給我來看守吧！
你去吧！
嗯？去哪？
護送這位魔法少女回去她的樓層啊。
阿遠！
不要說學長都沒照顧到你，
你要好好把握愛的緣份啊！
什、什麼啦！

真是的……
被學長一鬧……
害我有些不自在……
呵呵……
我真沒想到會是在這樣的情況，
又再次碰到你呢。
不、不然……

下次放假的時候……
我們再碰面吧！
咦？
這是……邀約？
叮—
!?
危險!!
唰!!

阿遠……
!?
唔！
危險！
咻
小綾……！
好痛!!

現在該怎麼辦!?
先把他趕出去!
!!
光魔法——光爆彈!
磅!!

光魔法——
閃光彈！
小綾！
把眼睛遮住！
嗷嗚！
小綾！趁現在！把軍棍丟給我！
好！

接住！
!?
碰碰碰碰碰碰碰碰
情急之下……
丟錯惹！
剛才很亮咩！
唔！
比想像得嚴重……
背上的傷……
阿遠！小心！

糟糕了！
喂。
雷魔法──
爆雷彈！
轟轟!!

好厲害……
謝謝……
咻！
小綾！還好嗎？
撐著點！
儀君！
抱歉，小綾……
讓妳為了保護我而受傷了。
居然還要靠小綾保護你？
然後因此害小綾受傷？
你比看起來更沒用啊。
阿遠感受到比狼人更巨大的恐懼。

不久之後，藏匿的狼人全數逮捕，
等待移民署的人來進行押解。
小綾與阿遠的傷口也獲得了治療。
阿遠！謝謝你保護我……
不用客氣！倒是我讓妳因為保護我而受傷，我的能力還不足……
沒錯！就是那樣。
小綾，要集合了。快點走吧！

我、我再聯繫妳！
於是……
狼人脫團事件
就此告一段落，
98個狼人全部
遣送回狼人星。
而這次的事件，
意外帶來啟發，
讓某些人設計出裝有
臺灣中秋空氣的瓶子，
專門賣給狼人族，
臺灣中秋空氣
因此發大財噱了一筆，
不過這都是後話了。

……好啦！
跟妳們這群菜鳥預告一下……
從明天開始，
妳們也要加入……
站哨的行列啦！
哼哼哼……
這份與時間之神纏鬥的苦楚滋味……
妳們就好好品嚐吧！
——站哨，
不就是站哨嗎，講得這麼中二幹嘛……

是下部隊後的服役生活中，最重要的日常任務之一。
依據不同的哨點，會有不同的衛哨守則需要熟記。
營區大門哨！
正哨
哨長
副哨

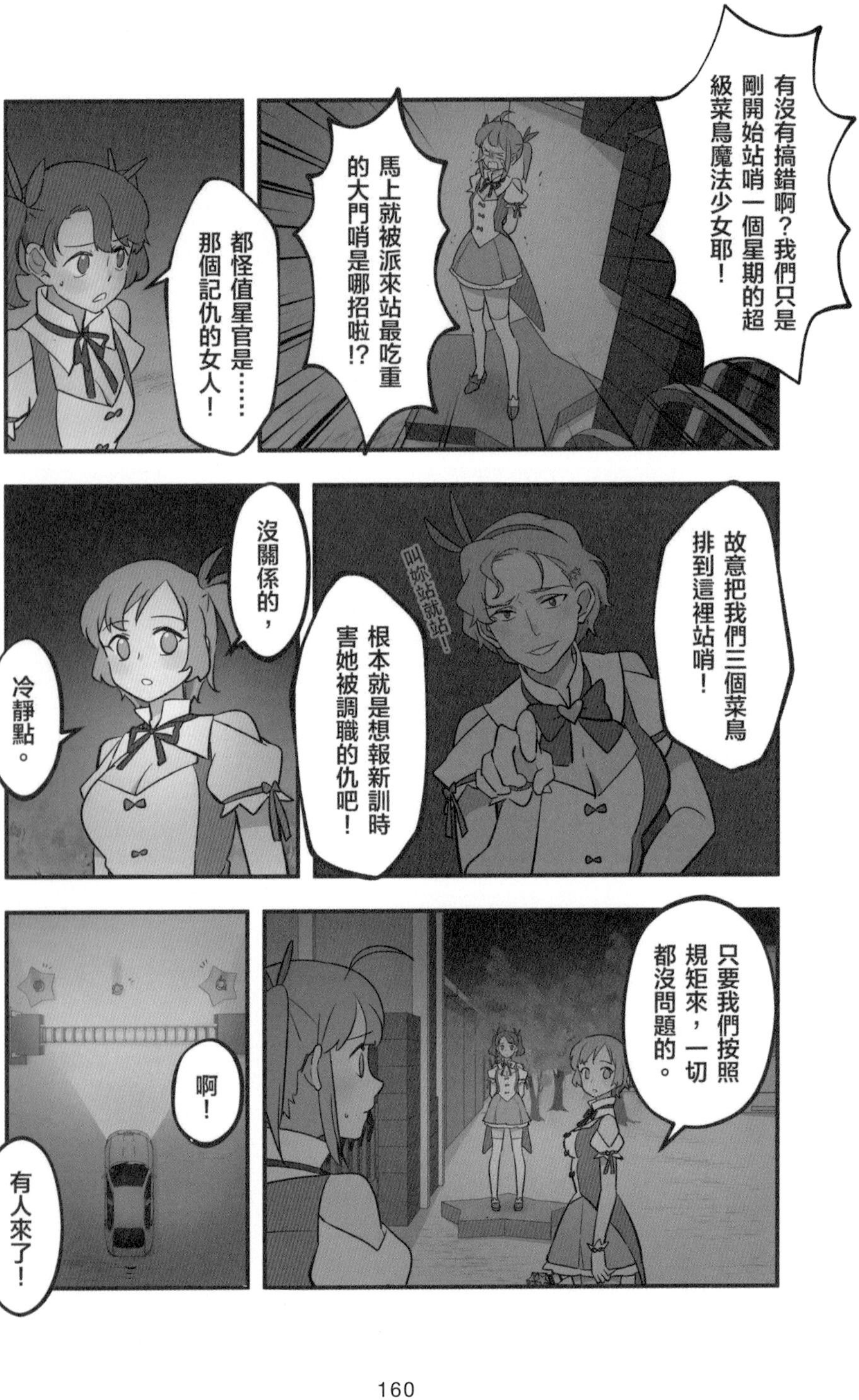
有沒有搞錯啊？我們只是剛開始站哨一個星期的超級菜鳥魔法少女耶！
馬上就被派來站最吃重的大門哨是哪招啦!?
都怪值星官是……那個記仇的女人！
故意把我們三個菜鳥排到這裡站哨！
叫妳站就站！
根本就是想報新訓時害她被調職的仇吧！
沒關係的，
冷靜點。
只要我們按照規矩來，一切都沒問題的。
啊！
有人來了！

長官好！
那麼長官，麻煩開啟後車廂提供檢查喔。
啊!?
妳認不出來我是魔二營營長嗎？
都看到通行證了還不快點放行？
我趕著去旅部連跟旅長開會耶！
抱歉，長官。
這是大門哨的職責所在。
妳……這傢……伙……
是想要魔法少女當不完了嗎？

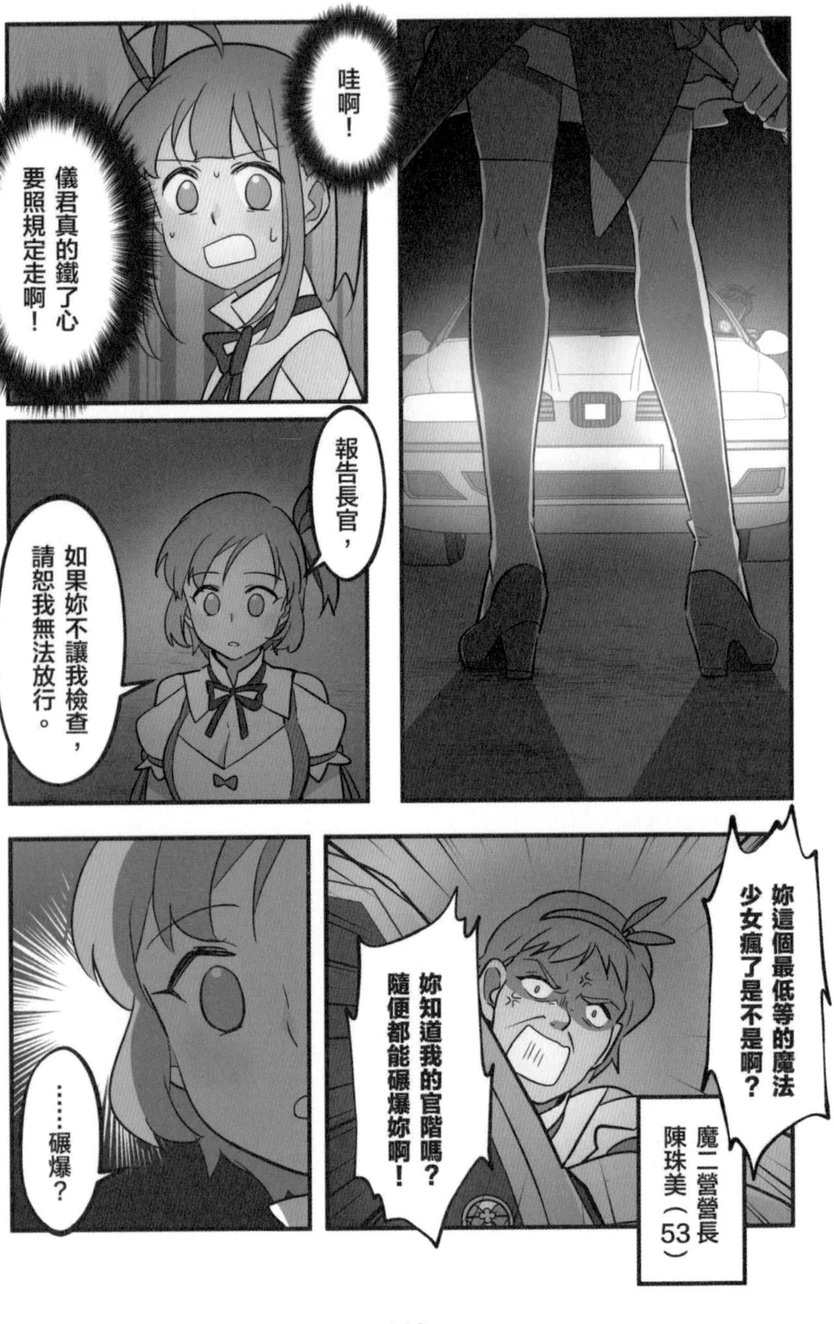
哇啊！
儀君真的鐵了心要照規定走啊！
報告長官，
如果妳不讓我檢查，請恕我無法放行。
妳這個最低等的魔法少女瘋了是不是啊？
魔二營營長 陳珠美（53）
妳知道我的官階嗎？隨便都能碾爆妳啊！
……碾爆？

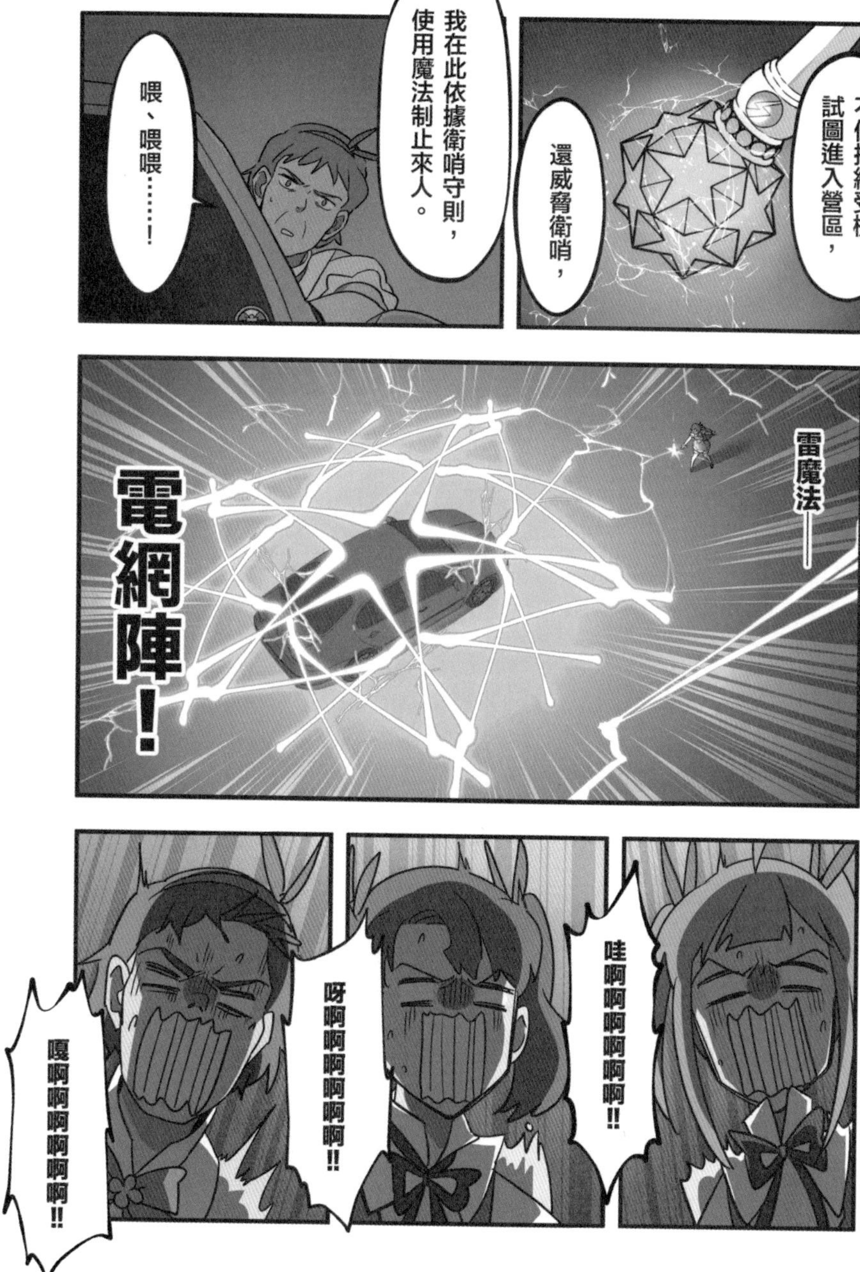
不但拒絕受檢，試圖進入營區，
還威脅衛哨，
我在此依據衛哨守則，使用魔法制止來人。
喂、喂喂……！
雷魔法——
電網陣！
哇啊啊啊啊啊啊!!
呀啊啊啊啊啊啊!!
嘎啊啊啊啊啊啊!!

佈陣完成，現在開始收束電網。
等一下、等一下！
算我怕妳了！後車廂打開了啦！
這台車還在繳貸款耶！
啪咻！
滋滋滋……
謝謝長官配合。
現在開始盤查後車廂。
……
哪來的瘋子啊……

結果一下哨，連長與我們三人立刻被叫到魔二營營長的辦公室。
營長，事情經過我都聽說了……
她們因為是第一次站大門哨，才會冒犯營長，希望……
非常好！
欸？
剛才雖然超火大，但是冷靜想想，區區菜鳥居然能夠不畏壓力！
盡到衛哨的本分！這個很值得嘉獎啊！哈哈！
結果儀君竟然獲得了一天的榮譽假。
謝謝營長……

翌日……
正哨
哨長
副哨
有儀君的經驗，沒那麼緊張了。
反正一切都照規定走就好！
長官好！
麻煩開啟後車廂配合檢查喔！
是我啦！別浪費時間了，開門。
魔一營營長曹嘉容（52）
抱歉長官！
這是大門哨的職責所在！

妳有什麼毛病啊？第一天入伍嗎……
!?
一言不合
就電網!!
這麼一來……
我也有吧……
榮譽假……
事後。
我要禁妳假。
咦咦咦咦!?
原來規定不是通則……
長官的心情才是一切啊……

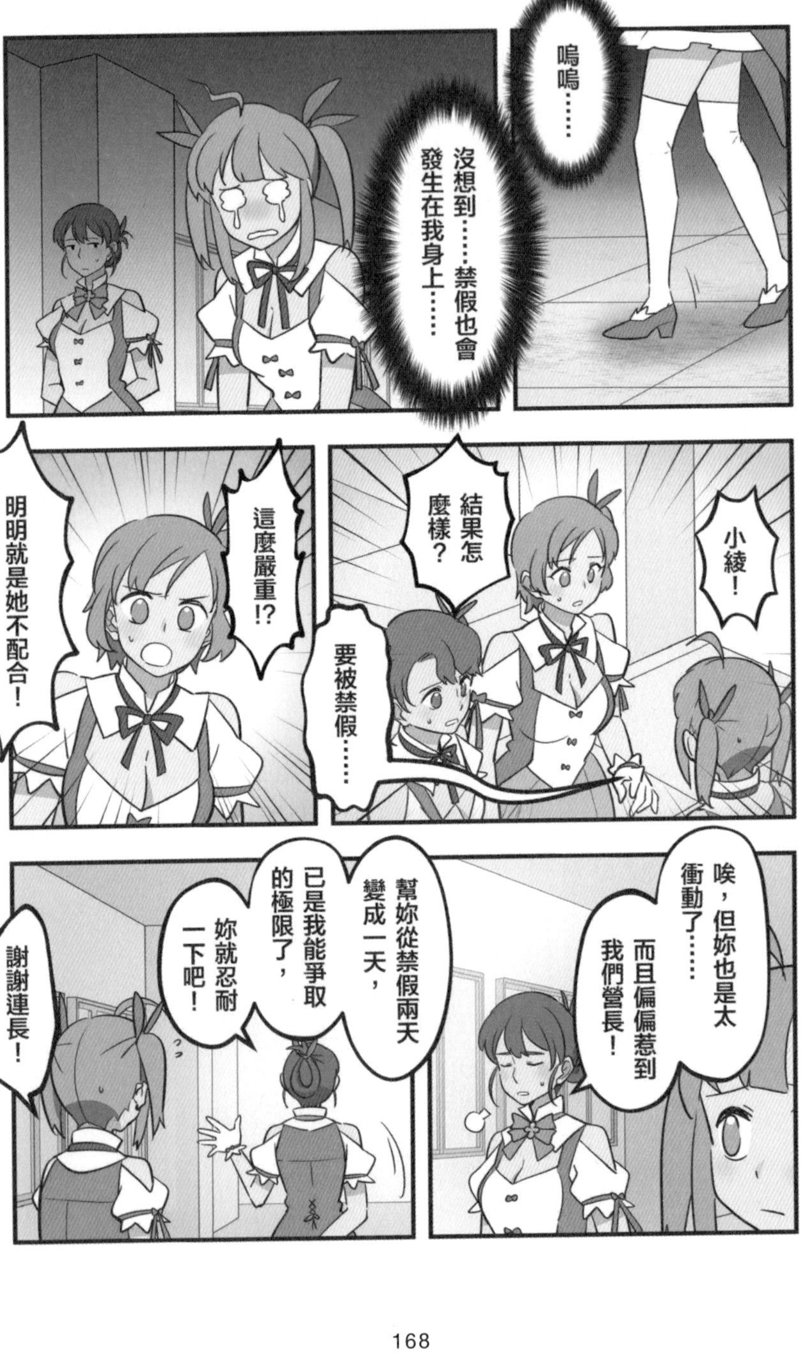
嗚嗚……
沒想到……禁假也會發生在我身上……
小綾！
結果怎麼樣？
要被禁假……
這麼嚴重!?
明明就是她不配合！
唉，但妳也是太衝動了……
而且偏偏惹到我們營長！
幫妳從禁假兩天變成一天，已是我能爭取的極限了，
妳就忍耐一下吧！
謝謝連長！

起碼沒有連累到妳們……
也是不幸中的大幸了！
唉！算了……
這不是重點吧……
……
我上去寫日記了。
嗯。
雷小綾！

營、營長好!?
白天的事，我都查清楚了。
原來妳們才剛開始站哨而已，會犯錯也是正常。
因此責任在把妳們排到大門哨的值星官身上！我會懲處她！
所以妳的禁假處分就此撤銷了。
是！謝謝營長！

嗯？
咳咳……那麼，
妳就是王儀君吧？
代我向妳姑姑問好。
報告是！
謝謝營長。
……姑姑？
好了好了！
準備就寢！
妳！跟我過來！
妳倒大楣了妳！

我姑姑……
只是一個在國防部的普通上班族啦！
說得越輕描淡寫……感覺越是不得了啊！
不過應該就是妳的姑姑幫了我吧？
謝謝妳！儀君！
唉……
本來不想鬧得這麼高調的。
算了，沒事就好。
另外一邊……
可惡……可惡啊！
怎麼可以仗著官階就把人踩在腳下!?
毫無自省能力。

……總之都是
妳害的！
罰妳禁假四天！
咦!?
四天!?
……
氣死我了！
區區幾個菜鳥
魔法少女……
走著瞧吧！
別以為我沒招了！
接下來我就
吵死了！
去睡覺啦！

之後，小綾等人暫時就沒有被排去站大門哨了。
使魔庫房哨。
班長，我不懂耶。
庫房在營區內，這裡是自己人的地盤，為什麼還要站哨啊？
就是要防自己人啊！
咦咦咦咦!?
別的連隊如果缺裝備的話就會來偷啊！
為確保裝備檢查過關，大家無所不用其極呢！
真是離譜……
咳咳！

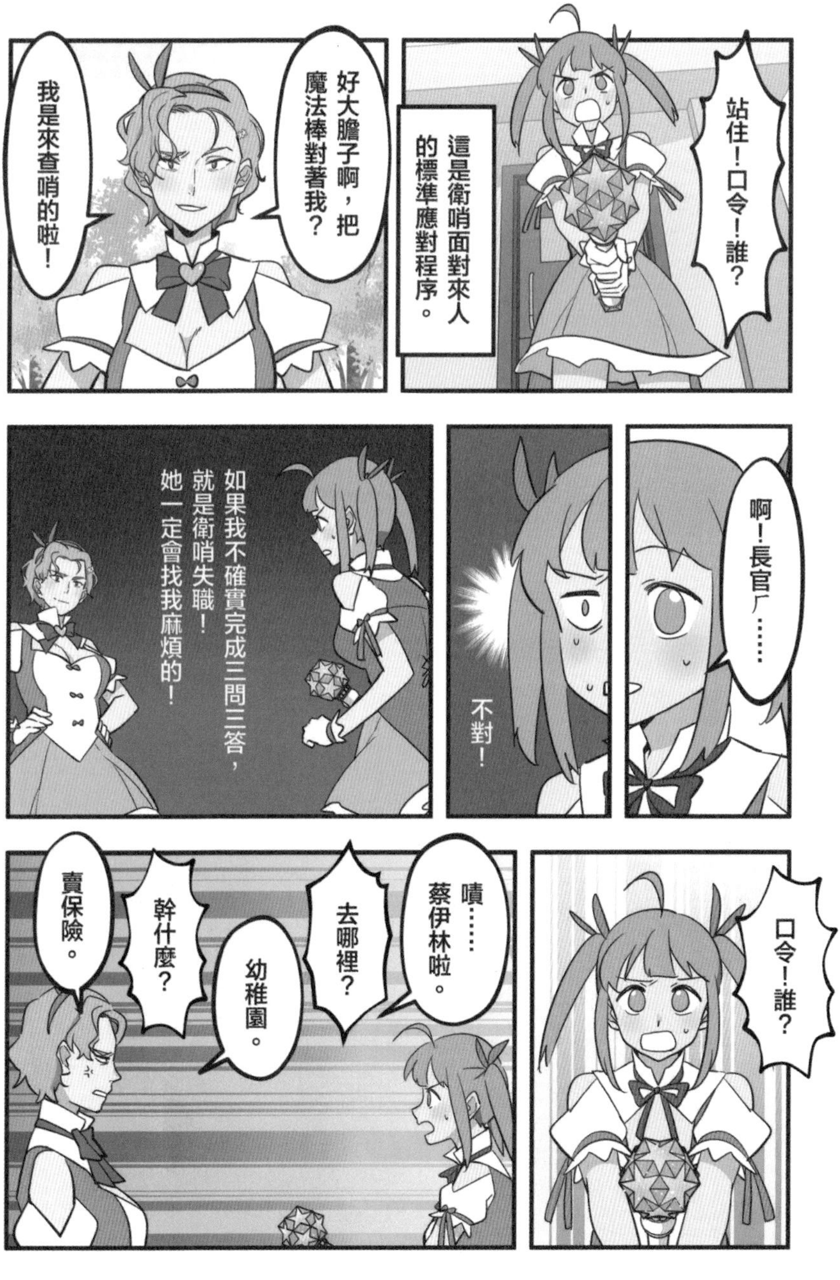
站住！口令！誰？
這是衛哨面對來人的標準應對程序。
好大膽子啊，把魔法棒對著我？
我是來查哨的啦！
※巡察衛哨是否有堅守崗位。
啊！長官ㄏ……
不對！
如果我不確實完成三問三答，就是衛哨失職！她一定會找我麻煩的！
口令！誰？
嘖……蔡伊林啦。
去哪裡？
幼稚園。
幹什麼？
賣保險。

謝謝副排長！副排長好！
這個天女……居然沒上當！
但我可還沒完呢……
現在驗收用魔法要領與衛哨一般守則，開始！
只要背錯一個字，妳就倒大楣囉！
用魔法要領！
1. 如非情勢異常急迫，應先口頭警告之。
2. 經警告已有畏服情況，應立即停止使用魔法。
3. 使用魔法應注意勿傷及他人。
4. 如非情況確有必要，盡量避免傷及致命部位。
5. 魔法使用後，應將經過情形即時報告該單位主官。
衛哨一般守則！
1. 服裝整齊 配件光亮 2. 精神飽滿 姿態端正
3. 魔法裝備 確遵規定 4. 堅守崗位 嚴密搜索
5. 提高警覺 時時戒備 6. 不看熱鬧 注意可疑
7. 服勤認真 說話客氣 8. 嚴格管制 仔細察驗
!?

居然一字不漏！
怎麼會!?
好險……
嗯？
要通通背下來？
可是儀君……學姊們不是說，
這營區會抽背的查哨官已經幾乎不存在了嗎？
嗯……有背無患囉！
多虧了儀君！
好吧……
現在的我……已經無敵了！
呵、呵呵……

竟然笑了!?
她還有招嗎?
妳以為這樣就結束了嗎?
接下來回答!衛哨一般守則，第5條第2個字是什麼?
這種問法真的太賤了啦!!
還不快回答?
是、是……「高」嗎?
唉唷!不錯嘛!
那用魔法要領第3條第12個字、
以及衛哨一般守則第7條最後一個字分別是什麼?
五秒內回答!否則就是衛哨失職啊!
那個……
5!
4!
3!
2!

「哈」、「囉」。
答錯啦！哈哈哈哈！
……欸？
營、營長!?
還好我散步經過……
妳又想整人整到把我也拖下水啊？
既然妳對衛哨這麼有心得！
這個哨就給妳站！
咦咦!?
那天之後，連上多了一個新的傳說……
魔一連有一個……
史上最資深衛哨。

交換髮型的小綾和儀君

第九章

危險與威脅升級中

後來大概是怕到了，梁慧真副排長也較少找小綾等人的麻煩了。
於是……站哨、掃地、操課，
日子平凡無奇的流逝……
唔……
已經12月了，
開始有寒意了。
妳用公發的領結啊……
魔法少女的領結，除了能區分階級，
同時也是魔法道具，能散發熱能，讓魔法少女不必穿上冬裝。

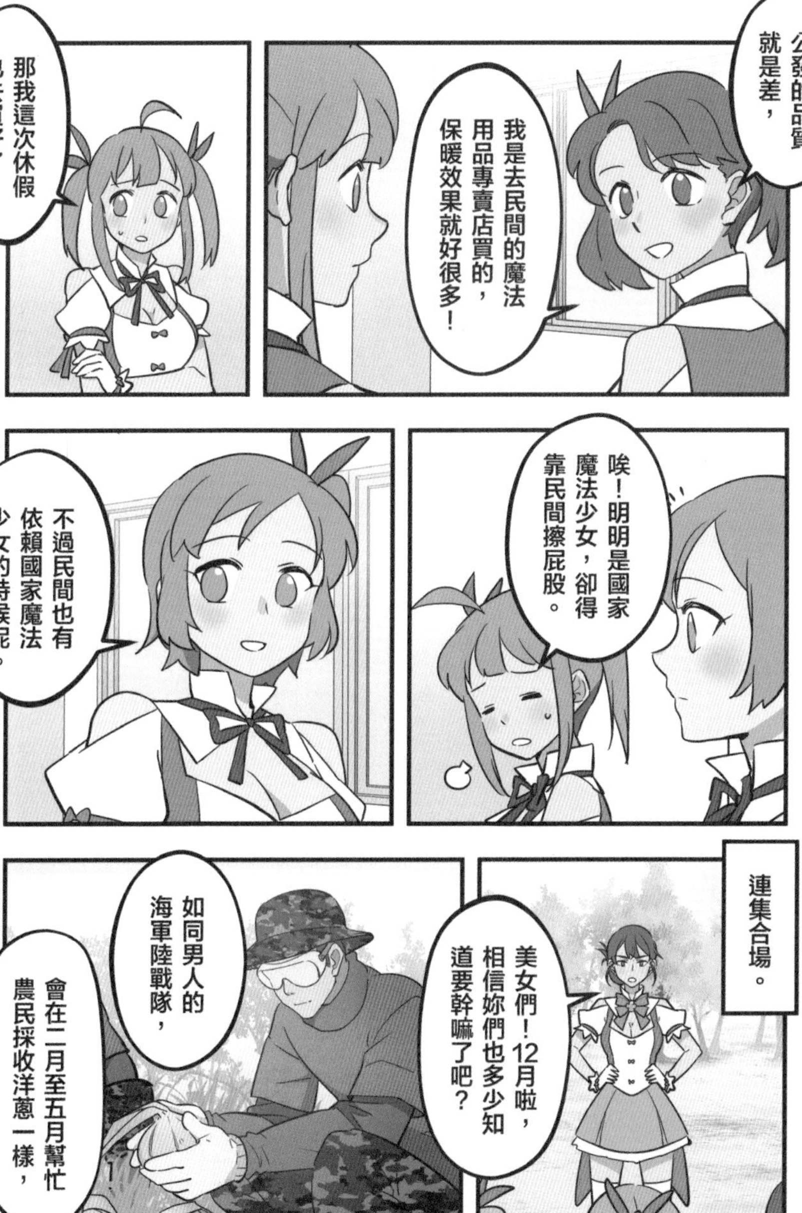
公發的品質就是差，
我是去民間的魔法用品專賣店買的，保暖效果就好很多！
那我這次休假也去買好了。
唉！明明是國家魔法少女，卻得靠民間擦屁股。
不過民間也有依賴國家魔法少女的時候呢。
連集合場。
美女們！12月啦，相信妳們也多少知道要幹嘛了吧？
如同男人的海軍陸戰隊，
會在二月至五月幫忙農民採收洋蔥一樣，

我們雷系魔法少女，在耶誕節當天晚上，
也要協助耶誕老人去送禮物啦。
雖然早就知道了，但親自聽到了還是覺得好荒謬喔。
我知道妳各位心裡一定嘀咕著，
為什麼魔法少女要幫民間單位做這種事對吧？
沒有為什麼！因為人民有需求，所以我們就要出動！
雖然我也是覺得很煩！
國家魔法少女要親民助民，這就是我們的傳統。
耶誕老人會本來是非營利慈善組織，
但龐大的禮物支出迫使他們不得不新增商業服務，

但開放民眾指定禮物寄件服務之後，
關節炎又……
讓這群耶誕老人都累壞了。
高齡產業……
所以國家體恤老人的善心與辛勞，
就讓我們來幫忙送件啦！
不過雖然是幫忙，我們還是要維持耶誕氣氛。
所以不僅要換上耶誕裝，
另外……
也要學會駕駛魔法雪橇。

這是一個人人皆會魔法的世界，
但相對於女性來說，男性較不擅長魔法，
所以他們轉向發展不需依賴魔法的科技，
但依現今的程度，要做出純科技的航空型汽車還力有未逮，
所以就如同領結一樣……
還有各式各樣的魔法道具應用在民眾的生活中。
我第一次接觸這麼大的魔法道具耶……
三個人一組，每個人都要練習駕駛！
在聖誕節前會選拔出擔任駕駛的人。

磅！
啊！
這個好難喔，小綾換妳。
……咦？
出乎意料的簡單耶！
好厲害！跟操縱使魔一樣，妳有操作魔法道具的天賦耶！
嘿嘿……上車！
小綾獲得稱號：老司機。

——將近一個月的練習時間過去，
終於來到了耶誕夜當晚……
啊……
青春就是無敵啊！

注意！
通通有！對錶。
現在是晚間11點45分，大家依照安排的路線，
務必在凌晨5點前把所有禮物送完。
小妹妹，今晚我們一起加油吧！
嗯……！
包在我身上！
魔法少女！
出發！

哇！小綾，妳開得真穩耶。
哈哈，都練這麼久了。
不愧是老司機！
我看看……
第一個地址……
往那邊！
好！
魔法少女們的分工很簡單，一個人負責駕駛雪橇，
另外兩個人則是負責送禮物。

有委託送件的人家，會在門或窗掛上襪子，
只要把禮物投入再束封即可。
不過這份差事也會遇到各種狀況……
呃！
這支襪子是怎樣！有夠臭的啦！
快吐了！
……哇。
這個臉皮也太厚了吧……
還沒用專用垃圾袋！
順便幫我丟掉！

除了這些外，
還得盡量避免另一種事故。
這個禮物……是這裡吧？
唔……
誰啊？
!?
啊—
嘶♡

對不起啊！小弟弟！
你什麼都沒看到喔！
好棒的耶誕禮物……
而且我已經不是小弟弟了……
我長大了。
送禮時要避免被撞見，以免影響孩子的想像。
啊……
另外一邊的情形……
當司機真爽！
從頭到尾都坐著就好！
不知道她們送禮如何了？
此時的小綾還不知道，危機正慢慢逼近她……

儀君她們這趟好慢喔。
嗯？
沙沙……
你、
你是誰!?
嘿嘿，
不好意思啦！

站住！
親愛的！就是現在！
有小偷啊！
!?
達令！收到！

抓！
糟糕！中計了！
別跑！
掰掰囉！
太好了！快擋住他們！他們要把雪橇偷走！
什麼情況？

好！
看我的！
可惜。
沒中。
!?
我的媽呀!!

她是怪物嗎!?
怎麼跳這麼高啊!!
可惡!
一定要抓住他們!
那台雪橇……
被偷走的話會被士官長電爆啊!!
……還以為妳要說是因為上面載滿孩子們的夢想呢……
沒辦法了。

轟轟!!
……!!
嗯？好亮？
耶誕老公公……也會被雷打中嗎？
職業傷害？

20分鐘後……
我說……
這樣的處置真的好嗎？
把那兩個小偷綁在路邊……
而不是直接送到警局？
沒辦法呀……
畢竟得顧及小綾……
我知道……
這樣不是最好的辦法……
但若要鬧上警局，那麼我雪橇被他們一度偷走的事，
鐵定會曝光！士官長一定會追究我責任！

沒錯，掉裝備的話，輕則禁假，重則法辦……
非常的麻煩啊！
好吧。
但是……
我們要怎麼解釋……
雪橇為什麼變這樣啊？
唉……沒有解體而且功能正常，已經是萬幸了！
但要想個藉口解釋，又不要被處罰，實在很難啊！
……別擔心！
我已經想好了。

我們乾脆就……
不解釋吧！
小綾，妳剛才被小偷打到頭喔？
才沒有！
我意思是不要找藉口了，
而是讓事情看起來沒有發生過啦！
我們現在這一批禮物快送完了，
待會本來就要先回營區補貨……
難道妳打算？

沒錯！我們連舍二樓倉庫裡有各色油漆！
只要我神不知鬼不覺地拿出來，這台雪橇就有救了！
等一下我們降落在連舍後方，
避開士官長！
等我偷到油漆回來粉刷雪橇，
我們再出去補充禮物！
擊退小偷之後，我們卻要變成小偷啊……
抱歉啦！
不過這種偷偷來的感覺，好興奮！
不要亂興奮啦！

拜託……別看過來！
看到士官長了！
嗯？

看錯了啊。
眼神飄開！
咕嚕！
好險好險好險好險好險好險啊!!
太驚人了！
居然能即時利用視角進行隱蔽！
小綾……
或許妳是個天才啊!!

不行……倉庫窗戶居然鎖死了……
那怎麼辦？打破它？
還是說先透過邊間廁所的氣窗進入連舍……
再繞去倉庫呢？
好主意！
這裡果然開著！

那我去去就回！
妳沒問題吧？
OK的！我知道倉庫的備用鑰匙藏在哪裡！
小菜一碟！
OK
噗通!!
啊……

小綾！怎麼了嗎？
呃……沒事!!
可惡……
好丟臉！
出師不利……咦!?
韻安學姊!?

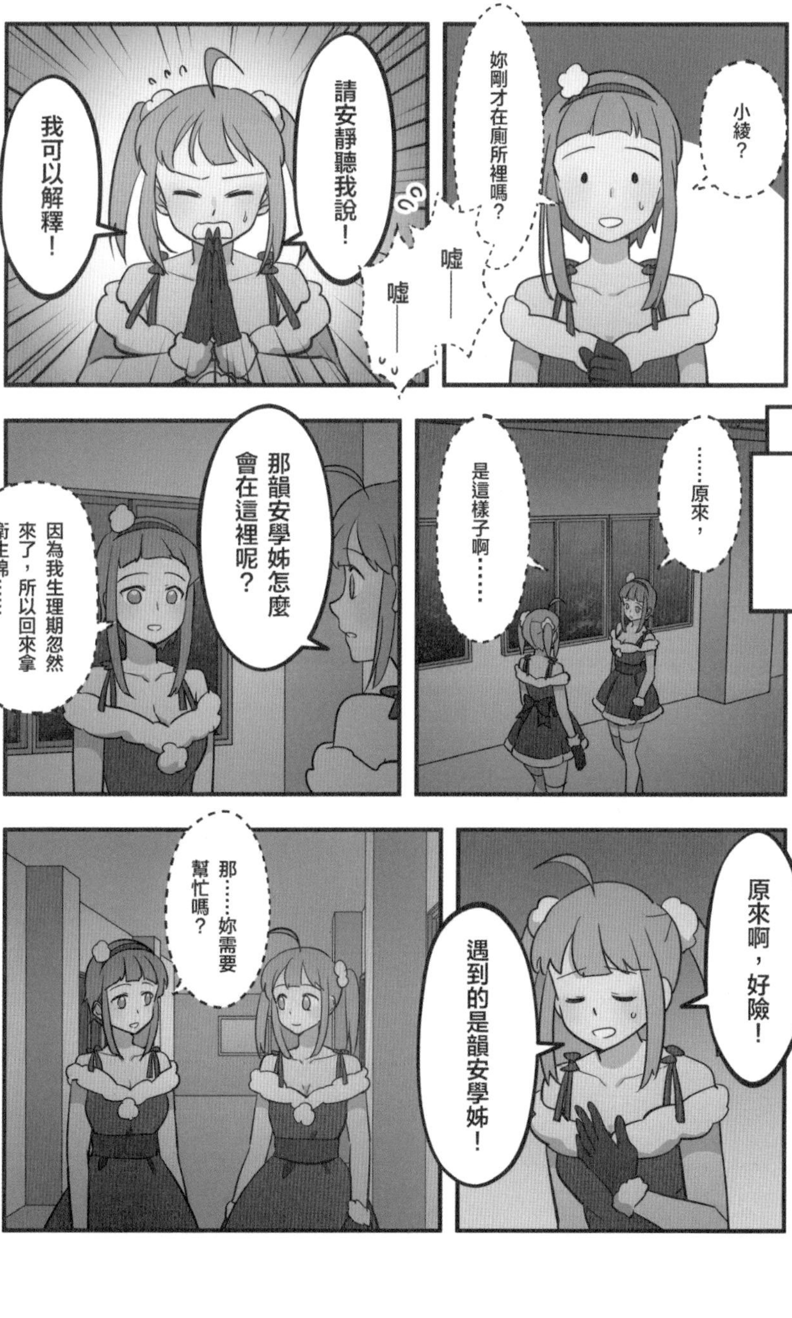
小綾？
妳剛才在廁所裡嗎？
噓——
噓——
請安靜聽我說！
我可以解釋！
……原來，
是這樣子啊……
那韻安學姊怎麼會在這裡呢？
因為我生理期忽然來了，所以回來拿衛生棉……
原來啊，好險！
遇到的是韻安學姊！
那……妳需要幫忙嗎？

不用喔！
我曾看過景燕班長在窗溝裡藏鑰匙，
所以……
接下來就很簡單了！
油漆入手！
那祝你們順利喔！
嗯！學姊掰掰！
嘿！
嘿！
成功了！
沒發生什麼事情吧？

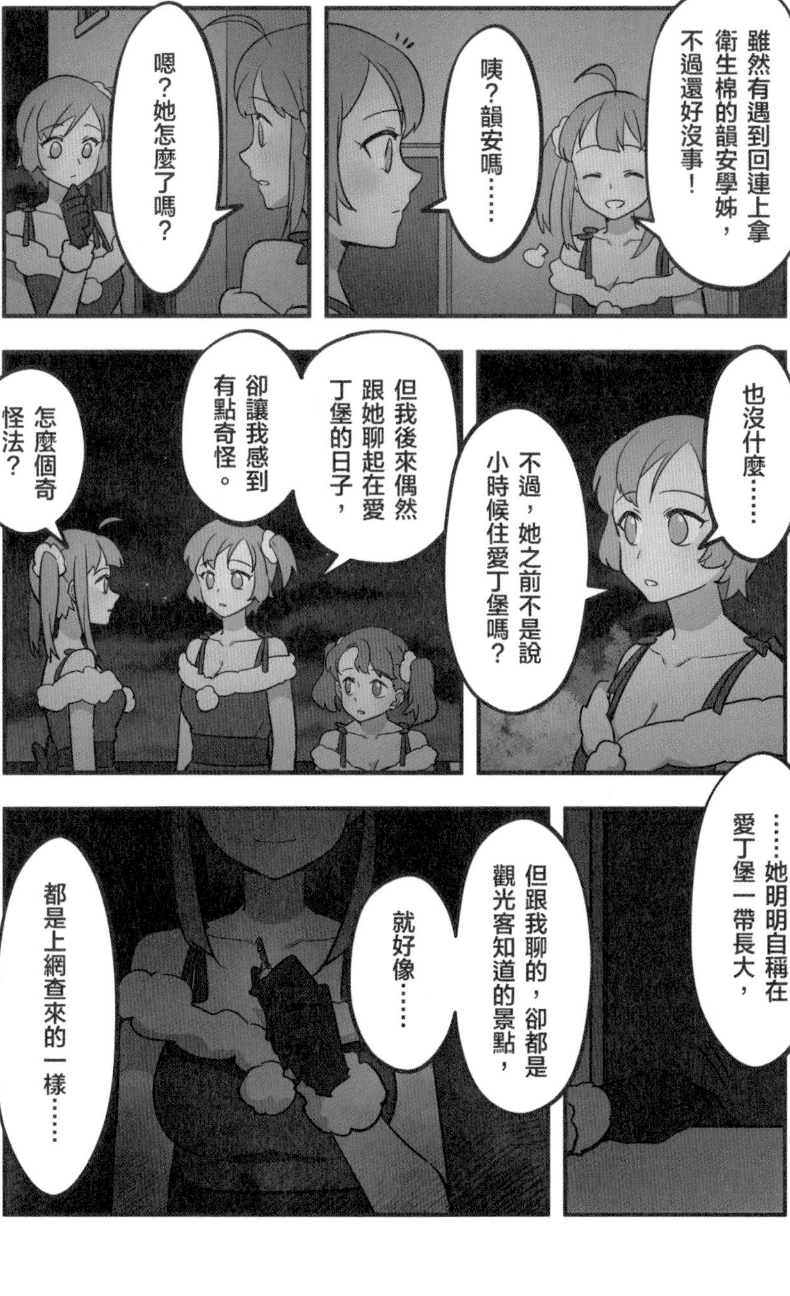
雖然有遇到回連上拿
衛生棉的韻安學姊，
不過還好沒事！
咦？韻安嗎……
嗯？她怎麼了嗎？
也沒什麼……
不過，她之前不是說
小時候住愛丁堡嗎？
但我後來偶然
跟她聊起在愛
丁堡的日子，
卻讓我感到
有點奇怪。
怎麼個奇
怪法？
……她明明自稱在
愛丁堡一帶長大，
但跟我聊的，卻都是
觀光客知道的景點，
就好像……
都是上網查來的一樣……

呼……
搞定了！
這樣就不怕
被發現了！
不愧是學過畫畫的！
設計系……
別糗我了啦……
那這三罐油漆
要怎麼辦呢？

先藏在這吧！
例行裝備檢查在兩週後，
這期間應該不會被發現，我再偷偷放回去就好！
走吧！
去補充禮物！

士官長好！我們來補充禮物！
嗯。
為什麼妳們的雪橇……
看起來那麼新啊？

咦？咱有？
早知道就不要那麼講究啦!!
發揮我的平塗全部實力啊!!
有啊，簡直就像是剛出廠的……
糟糕了！
油漆還沒有全乾……!!
唉呀！
我真是太不小心了！

喂搞什麼啊！
叫妳補充禮物
都會出包！
對不起
對不起！
我們馬上
整理好！
幹得好！
嘿嘿……
——之後，總算
順利再度出發，
將剩下的禮物
一一送完……
美女們！今晚辛苦啦！

「解散後換下耶誕服裝，
然後好好休息吧！」
……本來應該是要這樣的。
但是不行！
因為景燕班長發現二樓倉庫有東西失竊了！
咦咦咦咦!?
也太快了吧!!
本來是要進去拿裝耶誕服裝的麻布袋……
卻發現有裝備短少了……
如果妳是那個小偷，最好現在馬上自首吧！

……只有我們連上的人知道備份鑰匙藏哪裡。
但小偷還是疏忽了，
我鑰匙固定擺在中間，她卻放回了旁邊。
所以我才忽然清點裝備……
說是東西失竊，
到底是啥東西啊？
是…三罐油漆，還有一枚雷戒指！
!!
雷戒指——
可儲存魔力，
當魔法少女作戰魔力匱乏時，
可以從平常儲存魔力的雷戒指中得到補充。

此外，如果雷戒指內的儲存魔力超過9成，
這顆雷戒指就可當作炸彈使用……
光是投擲出去就會有強大的殺傷力。
轟！
這個說明情境是什麼鬼……
喂喂！那顆雷戒指裡面有幾成魔力？
一般入庫時都是預留五成魔力，
但如果小偷又把魔力輸進去的話，

那麼現在……
就等於有顆炸彈在營區跑了！
事情就是這樣了！馬上開始徹查！
今天晚上有報備出入連舍的人通通出列！
總共9個嗎……
那就一個一個問吧。
小綾，我們要怎麼辦？
再撐著觀察一下……

於是連長逐個審問，也一一排除嫌疑。
最後終於輪到了韻安……
……哇，妳是這些人之中回連上最久的一個，
而且也沒有人陪同妳進去，
只是換衛生棉需要這麼長的時間嗎？
大家都是女孩子，妳覺得我會信嗎？
完了！快穿幫了！
不會的！韻安學姊聰明人又很好，應該能……
連長，其實……

我是中途遇到去倉庫偷東西的雷小綾……
才會耽擱這麼久的。
妳說偷東西的是雷小綾？但是她偷東西，跟妳耽擱那麼久又有什麼關係？
正是因為我撞見雷小綾偷東西，她威脅要對我不利……
逼我這段時間成為她的共犯，我才久留的……
韻安學姊，妳在說什麼……
雷小綾！出列！
妳幹了什麼好事？
妳有去倉庫嗎？

報告連長！我確實有進去倉庫，但我只是偷了油漆……
別說雷戒指，我更沒有威脅韻安學姊什麼的……
妳這個不老實的傢伙，現在說什麼我都不信！
而且之前的庫房防禦魔法……
還有連舍的入侵事件！再加上這一次，妳都這麼巧，都是關係人！
要是再縱放妳，下次說不定就換成保存貴重軍品的南倉庫遭殃了！
在我找齊妳的犯罪證據之前，妳哪裡都別想去！
即刻起馬上收押到禁閉室去！
呵呵……

走！
別耍花招啊，跟我到禁閉室報到。
連長！請聽我說！
連長！
連長！
其他所有人注意，這件事不得張揚，
稍息後下去盥洗換裝休息，稍息！
儀君，這下子老司機翻車啦！怎麼辦啊？
嗯！我……
王儀君！

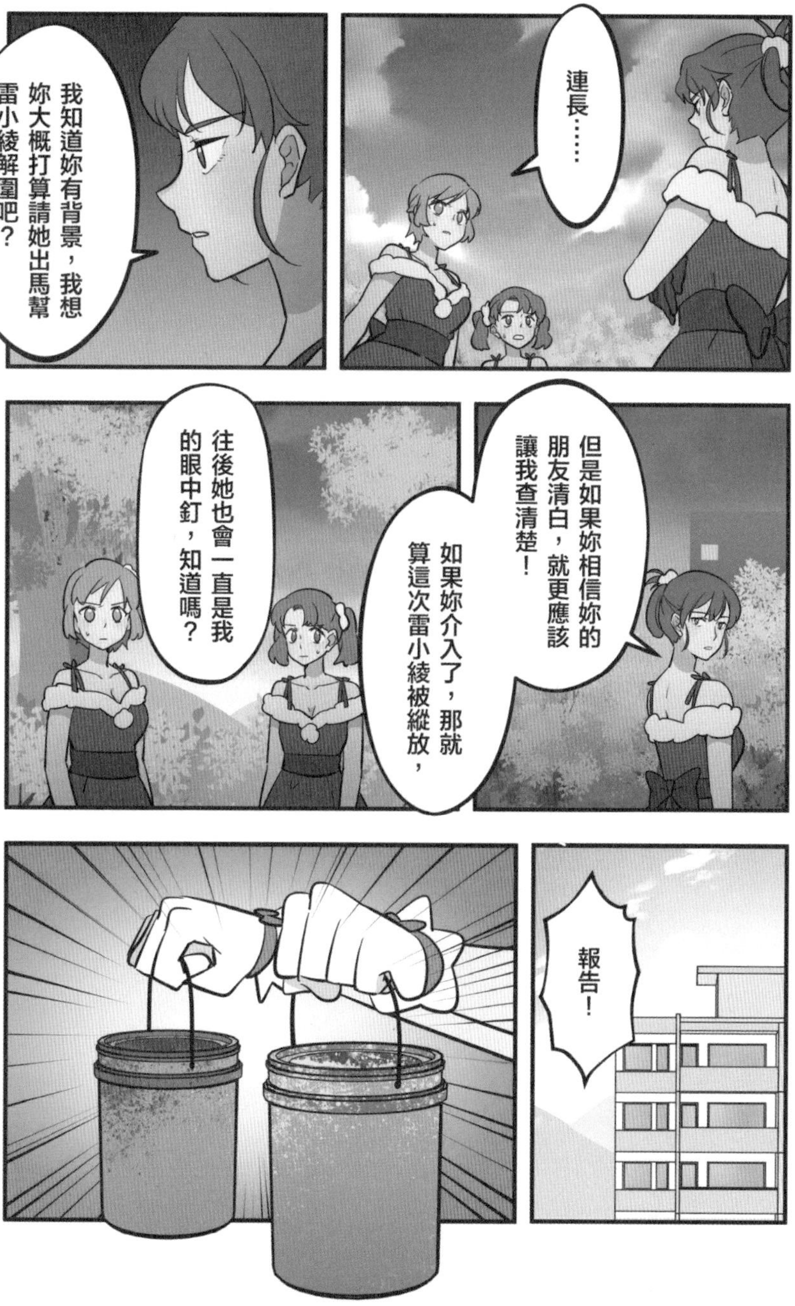

連長……
我知道妳有背景，我想妳大概打算請她出馬幫雷小綾解圍吧？
但是如果妳相信妳的朋友清白，就更應該讓我查清楚！
如果妳介入了，那就算這次雷小綾被縱放，
往後她也會一直是我的眼中釘，知道嗎？
報告！

……又是妳們啊？
報告連長，我們來歸還失竊的油漆！
那天晚上我們的雪橇一度被搶，
但在奪回的過程中不小心造成擦撞，
為了掩蓋過失，在我們把風之下，小綾前往倉庫偷油漆！
所以妳們現在拿來還啊？
那雷戒指呢？
這個我們真的不知道！
小綾是不會去拿那個的！

證據呢？
如妳們所說，妳們只是把風的，
到底小綾有沒有偷，妳們也不得而知，現在這些都只是妳們的片面之詞！
那韻安學姊的指控不也是片面之詞嗎？
沒錯！
但是根據小綾的「前科」，她每次都出現在事件現場，所以我的懷疑是完全合理的！
妳們兩個的處分之後會一併下達，出去吧。
……可惡，無法反駁！
都怪那個韻安啦！亂扯一通！

結果現在連長完全認定小綾是小偷了……
要是再縱放妳，下次說不定就換成保存貴重軍品的南倉庫遭殃了！

雷小綾!?

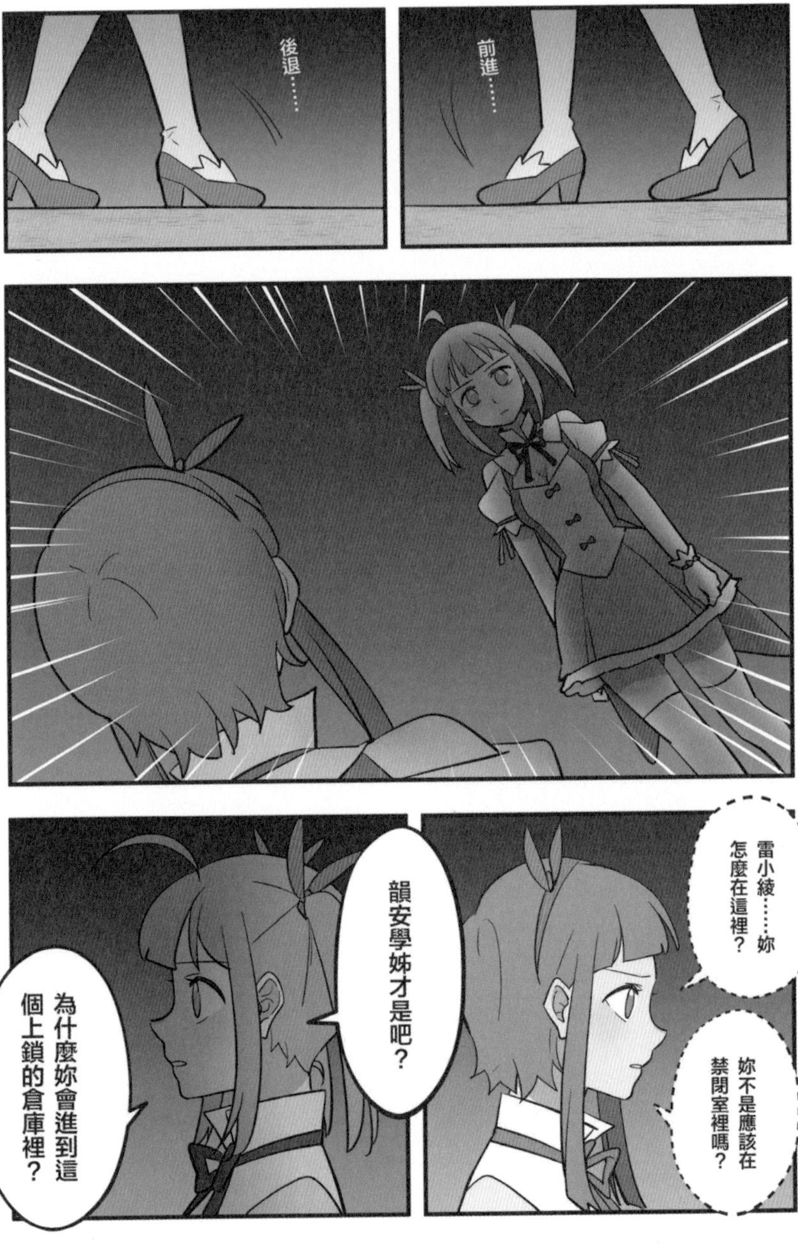
前進……
後退……
雷小綾……妳怎麼在這裡？
妳不是應該在禁閉室裡嗎？
韻安學姊才是吧？
為什麼妳會進到這個上鎖的倉庫裡？

因為我是當班衛哨，
奉長官命令來這裡拿東西的……！
是嗎？
哪個長官的命令？
說來聽聽啊。
而且……

哨是我排的，
妳明明是下一班
衛哨才對啊。
唉呀呀，好奇怪啊……
「小偷小姐」！
……連長妳，
不是完全認定雷小綾
才是小偷了嗎？
沒錯！
老實說，
在得知她又有份
的時候，真的是
八九不離十了。

但失竊現場的全貌，我沒讓景燕班長全部說出來。
什麼？
妳懷疑有兩個小偷？
沒錯！
只有一組單腳濕濕的腳印往返油漆罐的貨架，如果是同一個小偷的話，腳印應該會延伸過去才對……
貨架
貨架
也對，油漆罐跟雷戒指，同時偷這兩個幹嘛？
所以當雷小綾被妳指認出列的時候，
我發現她就是那個偷油漆罐的笨賊。

而會冒險栽贓笨賊的，大概就是另一個賊了。
所以其實妳早就鎖定我，
要是再縱放妳，下
不定就換成保
品的南倉庫遭
從那時候就開始引誘我再出手嗎？
沒錯！
從妳離開連舍，我們就來到這裡等妳了。
……
沒想到……

我居然是因為踩到馬桶水，
才洗刷嫌疑的啊啊啊啊!!
好糗又好險!
哼……
沒錯，
雷戒指確實是我偷的。
想要的話就還給你們吧!
喂!妳該不會……
不過……
妳們有命拿嗎?

妳這個……
瘋子！
咳、咳咳!!

雷魔法──
雷盾！
可惡……
剛才爆炸時……
是我看錯了嗎？
快攔住她！

……!
果然外面也有埋伏啊。
優雷彈!
紅魔法!!
剛才我果然沒看錯!!

她剛才就是用了紅魔法防禦爆炸！
使用紅魔法……
這個女人……
是來自圖爾克星！

唰！
別放肆！
碰碰碰碰碰碰碰碰碰碰
這個方向……
是連舍!?

咦？韻安，妳提早來接我的哨嗎？
妳怎麼會從那邊過來呢……
後面是……連長嗎？
發生了什麼……
離那個女人遠一點！
!?
曼芬學姊！危險……！

唔!!
一步也不准動！不然我就把她的頭割下來！
怎麼回事？
這個是我認識的那個韻安嗎？

怎麼了？
發生什麼事？
什麼狀況？
放棄吧，妳看看周圍。
妳是逃不掉的！
圖爾克星的……
間諜！

韻安！妳是間諜？
哼……
二十多年前，一個不知名的雷系魔法少女，竟在我們的侵略計劃中，狠狠打亂我們的算盤。
為了搞清楚雷系魔法少女是什麼樣的存在，我才來一探究竟……
妳……聽得到她在說什麼嗎？
聽不到。
她太小聲了。

雖然沒看出妳們的訓練有什麼特別，
但居然才半年就把我揪出來了，
這點倒是值得嘉許啊……
她到底說了什麼？
還是聽不到。
要不要乾脆請她大聲一點啊？
所以……
我們這段同甘共苦的日子……全部都是虛假的嗎？

……
傳送魔法!?
營區的防禦魔法還是有漏洞嗎!?
妳們……

好自為之吧！下次見面的時候……
我會殺光妳們！
咻
啊賀……
居然真的給她溜了，這下我們慘了……

翌日。
魔一營營長室。
哼哼……
這次真的出大包了！
妳連長的位置就要不保啦！
磅！
柯淑倫!!
妳到底在搞什麼飛機啊！

居然有間諜在妳的連上？
結果帶隊埋伏還讓她逃了？
還好現在暫時用天威測考的藉口安撫住眾人！
天威測考：藉由自己人假扮間諜潛入營區，測試營區防禦力。
但是妳的失職實在太離譜了！
非得懲處妳不可！
來了來了——
即刻起妳停止一切職務，詳細懲處在之後通知！
魔一連連長職務由副連長暫代！
萬歲——!!
副連長的內心。

唉……
怎樣？妳還有話要說嗎？
我知道我有責任。所以要懲處我，我也會虛心接受。
但是我沒辦法接受只懲處我一個人喔。
責任追究起來也是要公平的嘛。
比如說我們營區防禦魔法有漏洞，這個也要全營區檢討吧。
然後那個間諜居然服役了大半年，
代表從一開始的招募單位就沒有把關好，
前期的新訓單位也沒抓出她，
如果要懲處我，那所有經手過這間諜的單位也都要有人出來負責。

這樣的情況下我才肯乖乖接受懲處喔。
否則……我一定會為了爭取公平，將這個大包公諸於世！
妳……
混蛋……
妳以為我聽不出來這是在威脅我嗎？
妳以為這樣我就會怕嗎？
怕爆.jpg
算了！懲處的事先暫時擱置！一切先照舊運行！
首要之務是讓這事看起來像沒發生過！
好了！妳們都出去吧！
營長室
可惡……
為什麼這個女人……每次都能化險為夷啊!?

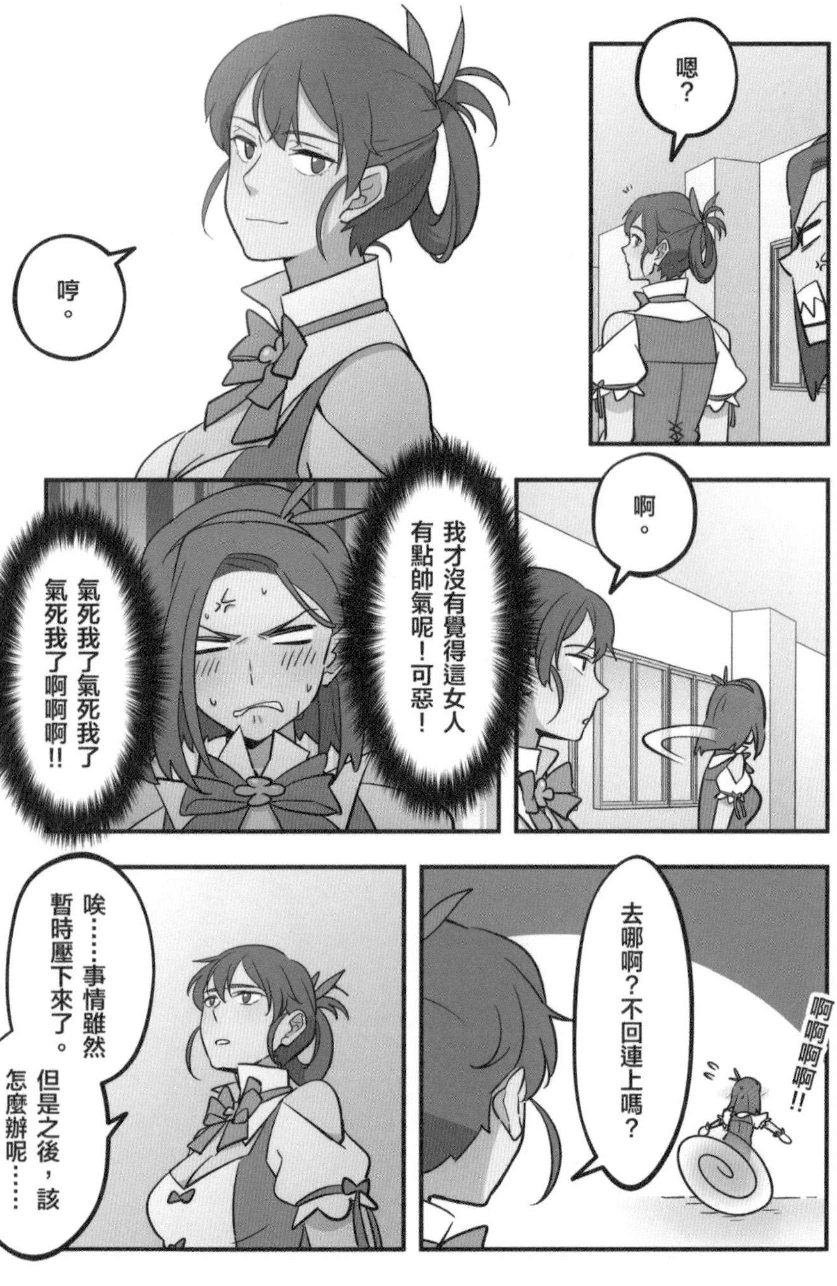
嗯？
哼。
啊。
我才沒有覺得這女人有點帥氣呢！可惡！
氣死我了氣死我了氣死我了啊啊啊!!
去哪啊？不回連上嗎？
啊啊啊啊!!
唉……事情雖然暫時壓下來了。但是之後，該怎麼辦呢……

曼芬學姊……
妳還好嗎？
啊。
她感覺真的打擊很大！
希望她能漸漸放下……
——而就在這樣惶惶的氣氛中，
小綾等人也準備迎來……升等！

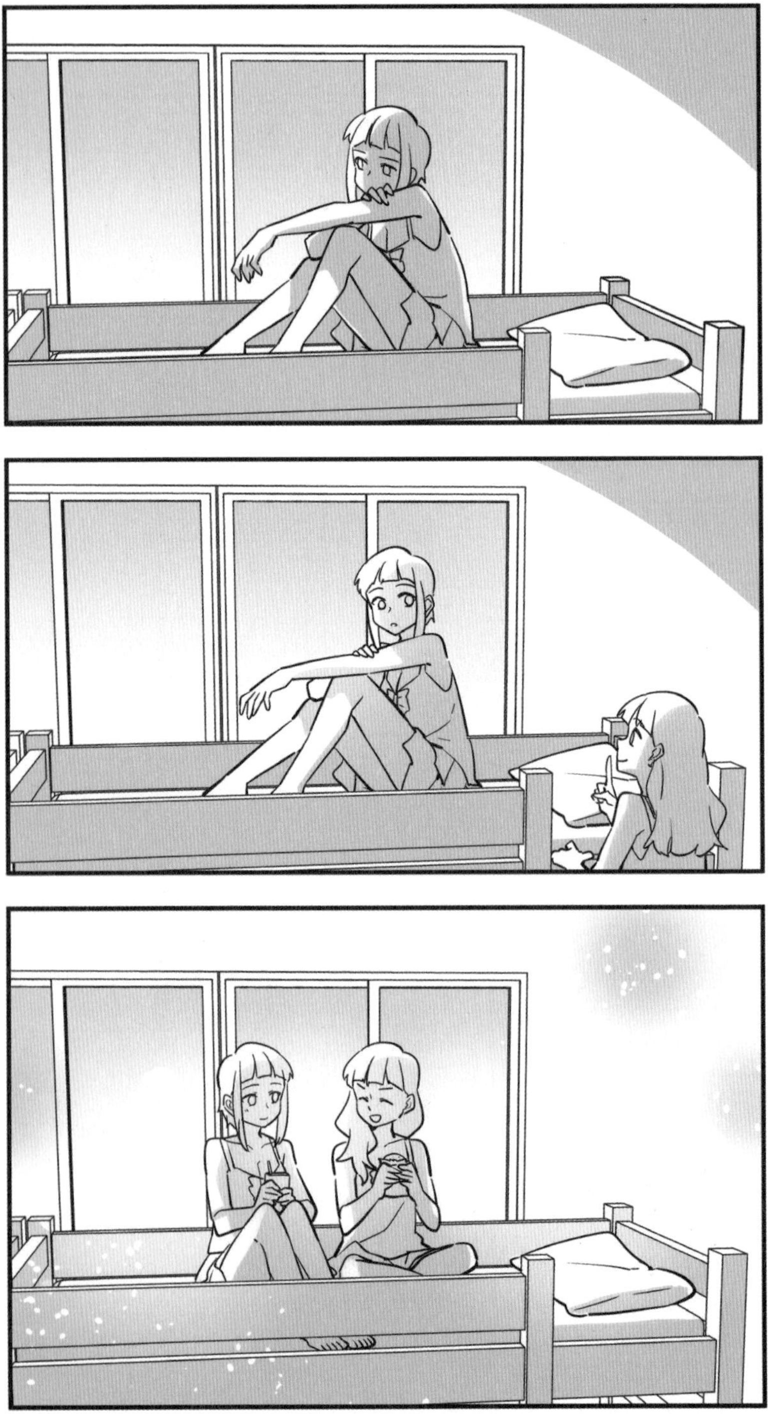